官商鬥法
第二輯
之10
風雲大變幻

目錄

CONTENTS

第一章

突破性證據

傅華說：「這個我還真不好答覆你，要看警方什麼時候能找到突破性的證據了。你回去也可以找找證據，只有找到有力證據，海川警方才能幫你。」

傅華又好說歹說，總算把韋蘭勸著送上了回家的火車。

莫克跟著馬睿跑了一下午，最終還是沒有什麼收穫，心情就很沮喪，知道可能這次要空手而歸了。

莫克的希望再次寄託到傅華身上，他決定厚著臉皮再找傅華一次。

莫克回到駐京辦時，傅華還在辦公室。莫克看到傅華，面露笑容說：「小傅同志還沒回去啊？」

傅華看莫克笑得這麼甜，看出了莫克的笑容中別有意味，暗自叫苦，這下恐怕要當面拒絕莫克了。

傅華笑了笑說：「我在等您回來，看看您還有別的什麼需要沒有。」

莫克說：「真是辛苦你了，走，我們一起吃個飯吧。」

兩人就一起去餐飲部。

吃了一會之後，莫克說：「小傅同志啊，說起來，我們倆還是第一次這麼面對面單獨坐到一起，以前我們真是沒什麼接觸啊。」

傅華說：「莫書記您工作忙嘛。」

莫克笑笑說：「你這不會是變相批評我脫離群眾吧？」

傅華趕忙解釋說：「不是，您是市委書記，每天要處理的事太多，我又在北京，跟您工作上的交集不多，沒什麼接觸很正常。」

莫克笑笑說：「你不需要這麼緊張，我的意思是說，我對你們駐京辦的重視還不夠。駐京辦是我們海川在北京的窗口，對發展海川經濟很重要。你們駐京辦爲市裏做了很多重要的工作，成績有目共睹，很値得表揚。」

傅華聽莫克表揚起駐京辦來，頭皮不由得一陣陣發麻，莫克這樣子做，讓他越發不好開口拒絕了，趕忙說：「莫書記，您不要這麼說，那都是我們應該做的。」

莫克說：「不驕不躁，小傅同志，你這個工作態度真是很好啊，以後還要堅持啊。」

傅華點點頭說：「我會的。」

莫克接著說道：「當然啦，你們也不能停在前面的成績上裏足不前，市裏面還有很多的工作需要你們去做，就像這次的雲泰公路項目，我希望你們能繼續發揚前面不怕艱辛的精神，爭取幫市裏面解決這個難題。」

傅華看莫克繞了半天，還是歸結到了雲泰公路上面，就知道他要開口說見鄭老的事了，於是說：「莫書記，關於您要見鄭老，我真是……」

「你先聽我把話說完好不好？」

莫克看傅華搶著說話，知道傅華是想先堵他的嘴，便打斷了傅華，說：

「我知道鄭老是大病初癒，作爲家人，你們不想他受到打攪，這是可以理解的。不過，這件事對我們海川真的是很重要，老百姓盼這條公路已經盼了很久了，難道說你忍心讓他們繼續這麼盼下去嗎？所以我希望你還是幫我爭取一下見見鄭老吧。」

傅華尷尬地說：「莫書記，不是我不想安排您見鄭老，我也知道這個項目的重要性，但是我無法做這個主。家裏其他人不同意，我也沒辦法的。」

莫克看了看傅華，放低姿態說：「小傅同志啊，我知道我來北京前跟你說的那些話可能有些不客氣，這個我跟你道歉，對不起。你知道我那時的心情完全是急於想爭取到資金，這個你應該能理解的。」

傅華說：「莫書記，您這話言重了，您無需跟我道歉的，我知道您是爲了項目才發火的，這個我理解。但是我真的無法幫您安排去見鄭老。」

到這個時候，莫克的忍耐已經到了極限，他冷冷的說：

「傅華，你是不是不把我這個市委書記放在眼裏啊？是不是你眼中只有金達沒有我啊？我這麼低三下四的跟你說話，要求的不過是一次見面而已，要見的還是你老婆的爺爺，這對你很難嗎？」

傅華被說得難堪至極，苦笑說：「莫書記，真的是很抱歉，我真的無法幫您安排。」

莫克的火氣再也壓不住了，他衝著傅華冷笑一聲，說：「小傅同志，你真行啊！」說完，啪的一聲將筷子拍在桌上，站起身就離開餐廳，回房間去了。

傅華跟著去也不是，不跟著去也不是，愣在當場。

過了一會兒，傅華也放下筷子，離開了餐廳。他知道除非他答應莫克見鄭老的要求，否則他就算是追去莫克的房間解釋也沒用的，索性也就不去解釋了。

回到家中，鄭莉問：「怎麼這個時候回來了，吃飯了嗎？」

傅華說：「吃了一點。」

鄭莉注意到傅華的臉色不太好看，使問道：「怎麼了，出了什麼事嗎？」

傅華看了鄭莉一眼，說：「沒什麼，就是我們的市委書記因爲我拒絕了他要見爺爺的請求，在我面前態度很不好。小莉啊，你看是不是跟爺爺說說，見見他啊？」

鄭莉臉色沉了下來，說：「不行，我不能讓他見爺爺。我跟你說，這個口子絕對不能開，這次你們市委書記不高興了，你就讓他見爺爺，下次你們市長不高興了呢？是不是也讓他見啊？所以這次雖然得罪了你們書記，但是卻爲以後立下了規矩，也是值得的。」

傅華本來還想爲莫克央求一下鄭莉的，現在看鄭莉態度這麼堅決，準備好的話就沒辦法再說出來了。

第二天，傅華見到莫克，莫克連看都不願意看他一眼，傅華向他請示行程安排，莫克冷冷的說了句「不用了」，就不再搭理傅華了，搞得傅華進退兩難。

隨後莫克就在駐京辦其他工作人員面前嚴厲的批評了傅華和駐京辦的工作，說傅華沒有領導好駐京辦，駐京辦人浮於事，效率低下……

莫克講了一大堆駐京辦和傅華的錯誤，傅華老老實實的低頭聽著，他早有心理準備，因而沒有因爲莫克這麼做感到不好受；相反，莫克這麼發作，反而讓他心裏輕鬆不少，起碼比莫克低三下四求他時好過多了。

莫克發作一通之後，卻也不能拿傅華怎麼樣，只是發洩了心中的怨氣而已。

過了一天，莫克跟孫守義按照預定行程回了海川。

回到海川後，莫克在總結這次到北京爭取資金的工作情況時，再度重炮批評了傅華和駐京辦，把責任全部都推在傅華和駐京辦的身上。

莫克說這些話的時候，金達坐在他旁邊一言不發，他很清楚莫克這麼發作是爲了什麼。他知道傅華是被冤枉的，但是他也不能爲傅華爭辯什麼。本來傅華就被認爲是他的人馬，他如果再幫傅華，只會更激起莫克的怒火，這時候理智的閉嘴更合適一點。

莫克又跑去省裏跟呂紀作了彙報，莫克低著頭說：「對不起，呂書記，這件事我沒做好，辜負您對我的期望了。」

呂紀看了看莫克，老實說，他對莫克是感到有些失望，勞師動眾的跑去北京，卻空著手回來。這個莫克怎麼事先也沒做好必要的準備，冒然跑去北京是想瞎貓撞見死耗子嗎？這傢伙的能力果然有些欠缺。

不過呂紀也不想批評莫克，不管怎麼說，他總是邁出了一步，他只能鼓勵，不能打擊。

呂紀笑笑說：「莫克同志，你不用跟我說對不起，你又沒做錯什麼。發改委的資金難要是出了名的，你可不要以爲只跑一趟，就能拿到你想要的資金。哪有那樣的美事啊？你知道嗎，很多項目在發改委一轉就是好幾年，最後仍然是得不到批准。」

聽呂紀安慰的話，莫克苦笑著說：「話雖這麼說，但是跑去一趟什麼都沒辦成，心裏總是很彆扭的。」

呂紀說：「你別沮喪了，這次不行還有下次嘛。現在馬上就要過春節了，這件事暫且放一放吧，等過了春節，讓省發改委的同志也配合你做做上面的工作，爭取早日把資金拿下來。」

莫克看呂紀並沒有要訓斥他的意思，讓他心裏多少有些寬慰，便說：「好的，回去我會讓同志重新研究一下，一定要拿出新的方案來，力求爭取到資金，好早日把雲泰公路項目啓動起來，不辜負您對我們的殷切希望。」

北京，駐京辦。

傅華心情鬱悶的坐在辦公室裏，他已經知道莫克在海川總結會上嚴厲批評他和駐京辦的事，心中很無奈，沒想到莫克還抓住這件事不放了，這傢伙的心眼真是夠小的了。

這時，傅華的手機響了起來，一看是湯言的電話，湯言因爲欣賞金達的關係，愛屋及烏，對他的態度也好了很多。

他接通了，說：「湯少，有事？」

湯言說：「傅主任，告訴你個好消息，海川重機重組方案在證監會已經通過了，批文春節後就會下來，怎麼樣，高興吧？」

傅華笑笑說：「當然高興了，還是湯少你有辦法，這麼快就能讓這個方案通過。」

傅華當初和談紅為了海川重機的重組費了很大的力氣，最終還是功敗垂成，而湯言跟海川重機達成重組方案時間並不長，這麼快就能過會，說明湯言的活動能力確實比他和談紅要強得多。

湯言自豪的說：「那是當然。」

傅華說：「恭喜湯少了，這下子又有一大筆錢要進你的口袋了。」

湯言笑笑說：「謝謝了。誒，晚上來鼎福俱樂部，我們先小小的慶祝一下。」

傅華不太想去鼎福俱樂部，一想到要去面對方晶，心中多少有點尷尬。

傅華說：「我還是不去了吧，你也知道小莉現在大著肚子，需要人陪的。」

湯言笑笑說：「大家聚一下就是爲了慶功，沒別的，你不出來有點不夠意思啊，要不這樣，我來幫你跟小莉請假如何啊？」

傅華笑說：「好啦，不用你幫我請假了，我去就是了。」

湯言說：「那晚上等你。」

掛斷電話之後，傅華就打電話通知金達這個消息，金達聽了也很高興，說：「傅華啊，我們總算解決掉海川重機這個大問題了。這段時間被那些工人們鬧的，都成我的一塊心病了。」

傅華笑說：「是啊，終於可以解決掉海川重機這個問題了。」

金達說：「駐京辦做了不少協調工作，你們辛苦了。」

傅華說：「辛苦什麼，這是我們應該做的。」

金達說：「你們做了些什麼，我心中有數，按說，市裏面應該出個文件表揚你們一下的。不過現在的情勢，不好太張揚，你應該明白裏面的原因。」

傅華明白金達的意思，莫克剛剛重炮批評了駐京辦和他，政府如果在這時候發文表揚他們，就有些跟莫克對著幹的意味了。這顯然不利於班子的團結，金達一定是顧慮到這一點。

傅華笑了笑說：「沒事的市長，我能理解。」

金達說：「你能理解是最好了。我希望你能誠心接受這一次的批評，這也怪不得莫書記，換了任何一個領導，遇到這種情況都會很生氣的。」

傅華說：「我知道，我接受莫書記的批評。」

話雖這麼說，心中卻很委屈，難道說他是故意不讓莫克去見鄭老的嗎？自己也跟金達和莫克做過解釋了，可是這些領導們卻還是因爲他們的意圖沒有達到，就把責任都怪在他這個下屬身上。

傅華滿心的委屈，卻沒有一個可以吐訴的地方，甚至連在鄭莉面前都無法訴苦，這個駐京辦主任做得十分心寒。

晚上，傅華去了鼎福俱樂部，湯言、鄭堅、方晶、湯曼都已經在湯言的包廂裏了。進了包廂，方晶淡淡的瞟了他一眼，傅華看不出她眼神中有什麼哀怨的表情，心裏多少鬆了口氣。

方晶拍了拍身旁的空位，說：「傅主任來了，到這裏坐吧？」

正在傅華爲難的時候，湯曼站了起來，上前一把拖過傅華，笑說：「傅哥還是守著我坐吧。」

傅華順勢就做到湯曼旁邊。

湯言看到，有點不高興了，說：「小曼，你是女孩子家，有點分寸好不好，你跟傅華拉拉扯扯的算什麼啊？」

湯曼瞪了湯言一眼，說：「哥，你胡說什麼？我叫傅哥過來坐，怎麼是拉拉扯扯啊？再說，我們光明正大，又沒做什麼見不得人的事，你瞎緊張什麼啊？」

湯言完全拿這個妹妹沒轍，苦笑說：「好，好，我不跟你去爭了。」

說話的空隙，傅華偷瞄了一眼方晶，看到方晶眼中閃過一絲慍怒，也不知道是因爲他沒坐到她的身邊生氣，還是因爲湯曼說的話刺傷了她。

這時，湯言端起酒杯，說：「好了，現在人到齊了，爲了我們的重組方案成功過會，大家乾了這一杯。」

鄭堅附和說：「是啊，這件事也有些時日了，能成功過會，等於邁出了成功的關鍵一步，值得慶祝，來，乾了它。」

湯曼也說：「是啊，我爲這件事也熬了不少時間，人都瘦了一圈，今天總算可以鬆口氣了。」

方晶打趣說：「那你豈不是減肥了嗎？」

湯曼卻對方晶這句話很不高興，她本來就對方晶有些感冒，就對方晶，說：「老闆娘，你是不是覺得我身材不好啊？」

方晶沒想到湯曼會如此針對她，愣了一下，乾笑說：「我不是這個意思。」

湯曼一點都不饒人，說：「那你是什麼意思啊？」

氣氛就有點尷尬起來，傅華趕忙打圓場說：「小曼，老闆娘不過是隨口開玩笑而已，沒人覺得你身材不好的。好了，我們是來慶功的，還是來喝酒吧。來，我們乾杯。」

傅華說話了，湯曼這才不再繼續糾纏方晶，五個人各自把杯中酒給喝了。酒是一個很好的潤滑劑，酒喝下肚之後，屋內的氣氛就活躍了起來。湯言放下一向繃著的臉，跟大家有說有笑起來。

過了一會兒，湯言又端起酒杯，對方晶說：「老闆娘，你看，我這不是做到了嗎？幸好你沒退出去，要不然，你會損失很大一筆錢的。」接著說道：「來，這杯我敬你，感謝你的支持。」

方晶心裏彆扭了一下，覺得湯言有譏諷她的意思，便笑了笑說：「湯少，你這麼說我就不好意思了，我一個女人家見識淺薄，希望你沒有怪我。」

湯言回說：「當然沒有了，大家一起合作嘛，難免有意見分歧的時候，我不會當回事的。來，希望我們日後精誠合作。」

方晶碰了一下湯言的杯子，笑著說：「精誠合作。」兩人就喝光了杯中酒。

此時，傅華正跟鄭堅聊著鄭莉的身體狀況，湯曼對此也很感興趣，問傅華：「傅哥，你知不知道小莉姐懷的是男孩還是女孩啊？現在應該能看得出來了吧？」

傅華笑說：「能看得出來，只是我和你小莉姐都沒問大夫，我們並不在乎是男孩還是女孩，無論男女，都是上天賜給我們最好的禮物。」

湯曼對這個答案並不滿意，說：「那你心中肯定有最想要的一個吧？」

傅華笑笑說：「我更想要一個女兒。」

湯曼說：「我也喜歡女孩。傅哥，如果你們生的是女兒，你要幫我跟小莉姐說一聲，我要做你女兒的乾媽，行嗎？」

湯言這時插進來說：「小曼，你瞎說什麼啊，你一個沒結婚的女孩做人什麼乾媽啊？」

鄭堅也說：「是啊，小曼，老輩人說，還沒結婚的女孩是不能認這種乾親的，對你以後會有影響。」

湯曼忍不住說：「鄭叔，你怎麼還這麼封建啊？都什麼時代了，你還抱著本老黃曆不放啊？」

湯言瞪了一眼湯曼，說：「小曼，你怎麼跟鄭叔說話的，沒禮貌。」

湯曼吐了下舌頭，說：「對不起啊，鄭叔，我剛才的語氣過了一點。我沒別的意思，就是覺得做傅哥的女兒乾媽是一件挺好玩的事。」

湯言聽了責備說：「玩，玩，成天就知道玩，這也是你能玩的啊？」

湯曼煩了，抱怨說：「好了哥，你別囉嗦了行嗎？煩不煩人啊？大家今天不是來慶祝的嗎，應該高興才對啊！傅哥，走，我們去跳舞。」

說著，就把傅華拽了起來，拖進包廂裏的舞池，隨著音樂的節奏扭動身體，歡快地跳起舞來。

傅華也有點酒意，就被湯曼帶動著一起跳了起來。

舞動中，傅華不經意的掃了一眼坐在沙發上的幾人，湯言和鄭堅對他們跳舞倒不十分的在意，他們聊得正歡，根本就沒往舞池裏看。倒是方晶直盯著舞池內的他和湯曼，眼神中包含的情緒很是複雜。傅華就不自覺的收斂了一些，他不想去刺激方晶。

一曲終了，樂曲換成了慢節奏的，湯曼不喜歡慢舞，就和傅華退出了舞池。

傅華剛想坐下來休息，方晶走到他面前，笑著說：「傅主任，能給個面子跳個舞嗎？」

傅華不敢拒絕，只好站起來跟方晶下了舞池。

音樂悠揚，方晶像是全身無力一樣的靠近傅華的身體，在他耳邊低聲說：「年輕果然是無敵的，你喜歡湯曼這丫頭吧？」

傅華輕笑了一下，說：「你別瞎想，小曼就是一個愛玩的丫頭而已。再說，你也很年輕啊。」

方晶冷笑一聲，說：「別裝了，人家都想給你女兒當乾媽了，還說沒什麼！小曼小曼，叫得這麼親熱，你什麼時候也叫我一聲晶晶啊？」

傅華無奈地說：「方晶，你這是幹嘛啊？犯得著跟一個孩子生氣嗎？」

方晶賭氣說：「當然犯得著，我嫉妒你對她那麼好，對我卻那麼冷淡，連坐到我身邊你都不願意。」

傅華說：「方晶，別鬧了，我們不是說好了嗎？我們只是朋友。」

方晶放在傅華肩上的手加了把勁，掐了傅華一下，說：「誰鬧了？你明知道我對你的感覺，偏偏在我面前跟這丫頭打情罵俏，這不是擺明了氣我的嗎？」

傅華叫屈說：「姑奶奶，你別這樣子行嗎，大家可都看著我們呢！」

恰在此時，一曲結束，方晶就鬆開傅華，退後了一步，說：「謝謝了。」

兩人退出舞池，又回到沙發上坐了下來。

傅華見方晶已經有些吃醋的意味，再留下來真的惹惱她就不妙了，就看了看手錶，對湯言說：「湯少，我家裏還有一個大肚子的，要先走一步了。」

湯言取笑說：「你這種男人真沒勁，出來玩還念念不忘家裏的，行了，趕緊走吧。」

傅華就跟幾人打聲招呼，離開包廂回了家。

回家之後，傅華去臥室看鄭莉，鄭莉嗅了一下，說：「誒，你今天跟鼎福俱樂部的老闆娘在一起吧？怎麼身上淨是她的香水味啊？」

傅華開玩笑說：「你的嗅覺真是靈敏，可以做警犬了。」

鄭莉笑罵說：「去你的，你這是罵我是狗啊？老實交代，你們在一起做什麼了？」

傅華叫說：「我能做什麼啊，不是跟你說是湯言爲了慶祝海川重機重組過會才聚的嗎？這個老闆娘也是重組的股東之一，又是在鼎福俱樂部慶祝，她自然也在場。」

鄭莉笑笑說：「不是在場這麼簡單吧？你身上都有她的味道。」

傅華聽了說：「你可是真夠敏感的，連我身上有她的味道你都能聞得出來。」

鄭莉笑說：「不敏感不行啊，我可不想在我大肚子的時候，老公被人家給搶走了。專家說，男人這個時候最容易出軌了。」

不知道是不是懷孕的關係，這段時間，鄭莉的性格似乎有了很大的改變，變得易怒、敏感起來，傅華便笑說：

「我可沒做什麼出軌的事啊，就是跟人家跳了一支舞而已，舞池外還有三個人看著，這下你放心了吧？」

鄭莉笑了笑說：「放心了，趕緊去洗澡吧，這味道熏得我有點噁心。」

傅華洗完澡出來，看鄭莉正拿著他的手機在那兒發愣，立時有一種不祥的預感，是不是在他洗澡的時候，鄭莉發現了什麼端倪啊？

傅華不想直接去問鄭莉，便笑笑說：「今晚小曼也在，這丫頭真有意思，說什麼如果我們生的是女兒，她要給我們女兒做乾媽呢。小莉啊，你說我們會不會生一個像你一樣的女兒啊？」

鄭莉並沒有回答傅華的問題，而是看著傅華說：「你的老闆娘剛才給你打電話了。」

傅華心裏咯登一下，看樣子鄭莉是接了方晶的電話了，心說：方晶真是會找麻煩，怎麼單撿他洗澡的時候打啊？有什麼事情不能明天白天說，非要晚上打電話來幹什麼？這不是找上門來讓鄭莉懷疑嗎？

傅華掩飾的笑笑說：「你別開玩笑了，什麼我的老闆娘啊，她可不干我什麼事。咦，她說什麼了？」

鄭莉歪著頭看著傅華，說：「人家說你晚上喝了不少的酒，不放心你開車回家，所以特意打電話過來問問。」

還好，原來是問這個，傅華鬆了口氣，說：「哎呀，這老闆娘就是多事，我喝那麼點酒，怎麼會有事呢？」

鄭莉故意說：「人家可是很關心你呢，你可別不領情啊。老公啊，她喜歡你吧？據我所知，女人只有對喜歡的男人才會這麼上心。」

傅華有點緊張的看了看鄭莉，說：「喂，你可別瞎想啊，我跟她什麼事都沒有。今天晚上爸爸也在場，不信你可以問他啊。」

鄭莉忍不住笑了出來，說：「沒有就沒有嘛，你那麼緊張幹嘛？」

傅華說：「我不想你生氣嘛，你最近可能是因爲懷孕的關係，很容易生氣。我知道你挺著大肚子很辛苦，就想儘量不要惹到你了。」

鄭莉想了想說：「你不說我倒不覺得，聽你這麼一說，好像真是這樣啊，我的脾氣是變了不少。以前我知道你很自制，像是身上有別人的香水味，我根本就不會多想，哪裡還會像今天這樣盤問你啊！老公，最近你是不是很辛苦啊？」

傅華笑笑說：「再辛苦，也比不上你大著肚子辛苦啊。」

鄭莉感動地說：「這是兩碼事。還有，你們市委書記要見爺爺被我回絕了，是不是讓你很難做啊？」

傅華心說：你現在才知道啊！莫克大會小會已經把我罵了個遍了。

傅華知道這時候再說什麼埋怨的話都於事無補了，還不如讓鄭莉有個好心情，便說：「小莉啊，你就不用管這些了。你現在的任務就是把心情保持好，快樂平安的把女兒生下來，其他的事都與你無關。」

第二天上班，傅華剛坐下，就接到九井村打來的電話，說是來了一個上訪的中年婦女，叫傅華趕緊過去把人接走。

傅華感覺事情有點反常，現在臨近春節，來北京上訪的人很少，各部門也在準備放假不會受理，誰還會在快過年的時候來上訪呢？傅華便趕緊趕去九井村，見到那個來上訪的中年婦人。

婦人看上去不是那種蠻不講理的人，相反十分老實，看傅華時還忐忑不安，好像沒見過什麼大世面的樣子。

傅華客氣地問：「你叫什麼名字啊？」

女人看了傅華一眼，說：「我叫韋蘭。」

傅華笑笑說：「這位大嫂，有什麼事你非要在快過年的時候跑來北京上訪啊？家裏人不擔心你嗎？」

韋蘭說：「我家那口子一直我不讓我來，我是趁他不注意的時候，瞅空跑來的。」

傅華聽了，說：「這麼說，你們還為這事鬧不和了，何必呢，既然你老公不讓你來，你就跟他好生過日子多好啊？」

韋蘭搖搖頭說：「這件事絕對不行，我絕不能讓女兒就這麼冤死。我老公接受，是因為他已經拿了對方的錢，被人家堵住了嘴。我跟他不一樣，我可不出賣自己的女兒。」

傅華開始覺得事有蹊蹺了，問道：「你說你女兒是冤死的，這究竟是怎麼一回事啊？」

韋蘭說：「我女兒在海川的興孟集團上作，她的老闆安排她接待一位從省裏來的大官，結果當晚發生意外死了。那個老闆為了掩蓋這件事，就收買了醫生、警察，偽造我女兒的病歷，誣陷我女兒是自己吸毒過量才死的。更過分的是，他們沒經家屬同意就擅自將我女兒火化了。我和我那口子找上門去，他們還想騙我們，後來看我不吃那一套，就拿出一大筆錢說要補償我們。我家那口子見錢眼開，就把錢收下了，還跟他們簽了協議……」

傅華愣住了，原來眼前這個女人就是鄧子峰交代要他留意的褚音的媽媽啊。

傅華趕忙問韋蘭：「大嫂，你女兒是不是叫褚音？」

韋蘭警惕了起來，盯著傅華說：「你怎麼知道？」

傅華說：「這件事鬧得海川沸沸揚揚，我當然知道了。」

韋蘭驚懼的說：「是不是他們讓你在北京等著攔住我，好不讓我向上面反映的？」

傅華笑說：「大嫂，你別緊張，沒有人讓我在北京等著攔住你。我的工作職責就是來聽你們反映的情形，然後幫你們回海川去解決問題的。」

韋蘭聽了，說：「這麼說，你還是讓我回海川去解決問題啊？這跟不讓我向上面反映情況不是一樣的嗎？」

傅華勸說：「大嫂，你聽我說，這件事你就是反映到再高的部門，歸根結底你還是要回海川去解決的啊？你的情況我都知道，不是海川警方不幫你解決，而是你所說的情況目前找不到證據支持。現在是法治社會，你要懲處他們，必須要有證據，沒有證據，警方也擔心會冤枉好人的。」

韋蘭說：「那個興孟集團的老闆絕對不是什麼好人，我不會冤枉他的。」

傅華耐著性子說：「我不是說你冤枉他了，而是你提供的證據尙不足以證明是他害死了你女兒。」

韋蘭說：「證據不足就不辦他了？找證據不是警察的事嗎？」

傅華有點解釋不清的感覺，這個女人只認自己的理，對他的解釋根本就聽不進去。

傅華苦笑說：「這位大嫂，我沒說警察不找證據啊？警方還在查這件案子，只是目前還沒搜集到足夠的證據來支持你的說法。你知道，找證據是需要時間的，你要有點耐心，好不好？」

韋蘭叫說：「可是他們已經找了幾個月，還是一點進展都沒有啊。」

傅華解釋說：「證據又不是擺在你眼皮底下，說找到就能找到的？如果真是那麼容易的話，案子早就破了。我跟你說，你前段時間是不是寫信到全國人大？」

韋蘭說：「是啊，我在家裏偷著寫了一份信，讓人幫我寄出去的。」

傅華說：「那封信全國人大轉到了東海省，東海省對此很重視，東海公安廳還幾次督促海川警方趕緊偵破這件案子，所以警方不是不重視，而是目前還沒有突破性的進展。這位大嫂，你聽我的，先回去等警方的消息吧。」

韋蘭說：「可是什麼時候才能有消息啊？」

傅華說：「這個我還真不好答覆你，要看警方什麼時候能找到突破性的證據了。你回去也可以找找證據，只有找到有力證據，海川警方才能幫你。」

傅華又好說歹說，總算把韋蘭勸著送上了回家的火車。

臨走時，韋蘭還要了傅華的電話，說她回去會盡力找證據，一找到就跟傅華聯繫。

第二章

風雲大變幻

他心想：他是不是真的應該離開駐京辦了？風雲變幻，一轉眼他來駐京辦也好幾個年頭，這裏面有幸福也有辛酸，有成就也有失落。這一幕幕就像演電影一樣在他腦海裏重播，也許他命運已經跟海川駐京辦融合在一起了吧。

送走韋蘭，傅華趕回駐京辦，然後打電話給鄧子峰。

「鄧叔啊，我今天見到您說的那個女人了。」傅華說。

鄧子峰一下沒反應過來，說：「什麼女人啊？」

傅華說：「就是那個攔您車的女人啊，您不是讓我知道什麼新情況就跟您彙報的嗎？」

鄧子峰笑說：「這些日子忙壞了，剛才沒想起來。她都跟你說什麼了？」

傅華說：「也沒什麼，就是您都知道的那些東西。她是趁著快過年，她丈夫鬆懈的時候才偷跑到北京來的。」

鄧子峰聽了說：「我說呢，這個女人怎麼拖了這麼久才出現，原來是被她丈夫看住了。誒，你是怎麼打發她回去的？」

傅華說：「我說公安還在辦理中，目前還沒有突破的進展，讓她也回去找證據。這個女人就先回去了。」

鄧子峰說：「那你沒留個聯絡電話什麼的，要不她找到證據了找誰啊？」

傅華說：「她要走了我的電話，說找到證據就通知我。」

鄧子峰說：「傅華，這件事你辦得很不錯。就這樣吧，我一會兒還有事，記住啊，要隨時關注那個女人的動向，一旦她拿到什麼證據，你馬上通知我，不要擅自處理。知道嗎？」

傅華說：「知道了鄧叔。」

鄧子峰掛了電話，傅華剛想把手機收起來，手機卻又響了起來，看了看號碼，竟然是方晶的。

傅華接通電話，方晶不太高興的說：「大中午的，你在跟誰煲電話啊？我打了半天都打不進去？不會是湯曼那個丫頭吧？」

傅華笑說：「什麼湯曼啊，我剛才是跟領導彙報工作呢。好了，你找我有事嗎？」

「昨天我不放心你喝酒開車回家，就打電話給你，看看你平安到家沒，結果是你老婆接的，弄得我很尷尬。傅華，你爲什麼不接我電話，反而讓你老婆接啊？你什麼意思啊？」方晶質問道。

傅華心說我還沒責怪你呢，你倒先興師問罪起來了，便說：「你打電話來就是爲這件事啊？我當時在洗澡，所以我老婆才接的。」

方晶說：「原來是這樣啊，嚇我一跳，我還以爲她知道了我們的事呢。誒，她沒有因爲我打電話不高興吧？」

傅華心想：你這不是明知故問嗎？鄭莉當然不高興了，哪家的老婆半夜三更接到別的女人打給丈夫的電話會高興的？嘴上卻說：「她也沒什麼不高興啦。不過，方晶，以後這個時間最好不要給我打電話，很容易引起誤會的。」

方晶反問道：「那你覺得我什麼時間打電話給你合適啊？」

傅華心說最好什麼時間都不要打，不過這麼說似乎有點太絕情，於是說：「反正不要在晚上打就是了。」

方晶立即順從地說：「好，那我以後晚上不打電話給你就是了。誒，傅華，你過年這段時間都忙些什麼啊？」

傅華回說：「事情很多啊，趁這個時間會會親友吧。」

方晶說：「你可好，還有親友可會，我在北京可是孤零零一個人，真不知道要怎麼熬過這段時間。」

傅華問：「你的父母呢，為什麼不回去看看他們？」

方晶說：「我的家鄉是個很閉塞的小村，回去更悶。我讓他們來北京吧，他們說北京太大，他們過得不自在，不願意來。誒，傅華，我們鼎福俱樂部春節期間有些活動，你帶鄭莉來參加吧。大家一起熱鬧一下。」

雖然方晶邀請了鄭莉，但是傅華明白，方晶這是項莊舞劍，意在沛公。現在鄭莉對他已經起了一點疑心，他擔心真要帶鄭莉出席鼎福的活動，會讓鄭莉看出些什麼端倪來的。

傅華拒絕說：「抱歉了，方晶，我和鄭莉春節期間的活動基本是滿檔的，就算有空，鄭莉估計也想在家待著，她還挺著個大肚子呢。」

方晶苦笑說：「反正你就不是想見到我就是了。」

傅華不好否認，也不好承認，就笑笑說：「好了，方晶，我還有工作，掛了。」

傅華掛了電話，搖搖頭，看來方晶這個麻煩還沒有解決掉啊，短時間內，估計她還是會不時的糾纏他的。

春節終於到了，初一當天，傅華跟鄭莉一起去鄭老家陪鄭老過年。

鄭老看上去還有點虛弱，歲月不饒人，這兩年，鄭老的身體不時會有些小毛病，幸好有一個很好的醫療班子在爲鄭老服務。

鄭老看到鄭莉很高興，把她叫過去，問道：「寶寶有沒有在裏面踢你啊？」

鄭莉笑說：「有哇，爺爺，這小傢伙很頑皮，不但踢我，還常常在我肚子裏面翻跟斗呢。」

「這才是我們鄭家的種，」這時鄭堅帶著一家三口也回來了，插話說：「你在你媽肚子裏就是那個樣子的。」

傅華在一旁聽了，心裏有些彆扭，什麼你們鄭家的種，你這話把我擺在什麼地方啊？孩子起碼有一半是我的血統好嗎？

鄭莉笑說：「話不能這麼說，也許是像傅華呢。」

鄭堅瞅了傅華一眼，說：「像他？最好是不要，這傢伙的臭脾氣夠人受的，我可不希望我的外孫像他。」

鄭老其他幾個兒子和家人也陸續回來了，屋子裏頓時熱鬧了起來，大家都圍著鄭莉，問肚子裏孩子的事。鄭莉一臉幸福的被大家簇擁在中心，傅華卻被晾在一邊，顯得有點格格不入。

相比在鄭家，傅華更喜歡在趙凱家的感覺，趙家拿他當親人看待，在趙凱夫婦，甚至趙淼面前，傅華都很自在。

鄭老看出傅華的不自在，對傅華說：「傅華，你讓小莉陪他們聊吧，我們進去書房喝茶。」

兩人就去了書房，傅華給鄭老斟上了龍井，一股龍井特有的豆香氣便瀰漫在書房裏。

鄭老喝了口茶，然後對傅華說：「傅華，最近你被你們的市委書記慘批了一頓吧？」

傅華愣了一下，看了看鄭老，說：「爺爺，您也知道這件事？」

鄭老笑笑說：「前天程遠過來看我，說起了這件事，你這孩子啊，你怎麼也不跟我說一聲呢，爺爺還沒病到起不了床，見見你們的市委書記還是可以的。」

傅華心中有些感動，鄭家除了鄭莉之外，只有鄭老夫婦是最疼愛他的。

傅華說：「爺爺，我是不想讓這些瑣事來打攪您的休養。您放心，這點小批評我還能承受得住。」

鄭老說：「不是你承不承受得住的問題，而是你拒絕了本來好像是順理成章的要求，你們的市委書記一定會記恨你的，我擔心後面還不知道他會有什麼報復的動作呢。」

傅華笑笑說：「這個您不用擔心，我自問光明磊落，他算計不到我頭上的。」

鄭老搖搖頭，說：「傅華啊，有句話說，不怕賊偷，就怕賊惦記，你恐怕是被賊惦記上了啊。」

傅華笑了，說：「爺爺，您就別管他了，今天初一，我們應該高興，別讓他掃了我們的興。」

鄭老笑笑說：「什麼初一十五的，你到我這個年紀，就會知道逢年過節不是件令人高興的事。別人都說一大家子湊在一起熱鬧，可我更喜歡清靜。誒，你們這個市委書記原來是做什麼的？」

傅華回說：「他以前在東海省委，是現任省委書記呂紀舉薦的。」

鄭老聽了說：「來頭還不小啊，難怪敢不把我放在眼裏。」

傅華聽鄭老這麼說，緊張了起來，說：「爺爺，您可千萬別動氣啊，您的身體剛剛復原，我不安排您見他就是擔心驚擾了您。這個程遠書記也是的，沒事跟你說這個幹嘛啊？」

鄭老笑說：「傅華，你別這麼緊張好嗎？我知道我老了，但是還沒脆弱到連這點小事都承受不了的地步。」

傅華說：「我知道您承受得住，只是您也說這是小事了，沒必要去理他的。」

鄭老笑了，說：「行了，我不管總可以了吧？其實我本來是想等過幾天跟郭奎打個招呼，讓他跟呂紀說說這件事，訓一訓你們市委書記，別讓他覺得你好欺負。既然你不想讓我管，那就算了，只是便宜這傢伙了。」

傅華笑笑說：「這種人不值得跟他計較的。」

初二這一天，傅華帶鄭莉去了趙凱家，趙婷和趙淼都在家。

傅昭對鄭莉的大肚子很感興趣，纏著鄭莉問這問那，想搞清楚鄭莉肚子裏究竟是怎麼會有一個小孩子的？這個小孩子會是弟弟還是妹妹呢？

趙婷笑著問：「小昭啊，你覺得阿姨肚子裏是個弟弟還是妹妹呢？」

傅昭說：「應該是個弟弟吧，我想要個弟弟。」

趙凱聽了笑說：「小莉啊，老人說，小孩能看到孕婦肚子裏懷的是男是女的，看來你肚子裏懷的是男孩子啊。」

鄭莉很想要個男孩，便笑著抱了傅昭親了一下，說：「那太好了，謝謝你了，小昭。」

閒聊一會兒，眾人坐下來吃飯，趙凱說：

「傅華，你駐京辦那邊有沒有在北京活動能力很強，想要跳槽的人啊？」

傅華奇怪地問：「爸爸，怎麼突然問起這個來了？」

趙凱說：「有人托我物色這樣一個人，有嗎？」

傅華認真想了想說：「有活動能力的人是有那麼一兩個，只是不知道他們有沒有意思要跳槽啊。」

趙凱說：「那你問問看好了。」

傅華問：「什麼人讓您物色的？很重要嗎？」

趙凱說：「是一家新加坡集團，也是我們通匯集團一個很重要的業務合作夥伴，他們看好大陸市場，想要在北京開公司，需要一個在北京能夠吃得開的人幫他們的忙，現在開出的職務是中國區副總裁，報酬很豐厚的。」

傅華想到了羅雨，羅雨的副主任已經幹了有些時日了，而他這個主任一時半會兒是不準備挪窩的，這倒是個不錯的機會。便說：「我問一下看看吧，如果可以的話，我給您電話。」

趙凱說：「你可要當回事辦啊。」

傅華笑笑說：「我知道了。」

吃完飯，傅華和趙凱去了書房，傅華說：「這段時間我忙，也沒問小婷，她跟John離婚的事究竟辦得怎麼樣了？」

趙凱說：「還在訴訟程序當中，這種涉外婚姻辦起來很麻煩，John又是個賴皮，格外費功夫。不過該走的程序已經差不多了，估計不用很久就會有結果了。」

傅華鬆了口氣，說：「那就好，早點辦好，小婷好早一點解脫。」

趙凱笑說：「行了，傅華，你也不用太牽掛小婷，你現在有鄭莉，她又大著個肚子，你該多用些心思在她身上才對。」

傅華說：「小莉我會照顧好的，不過小婷的事沒個結果出來，我總是放心不下。」

趙凱說：「你放心好了，倒是你自己，我聽說你和駐京辦都挨市委書記批評了，就因為你不幫他安排去見鄭老。當著小莉的面我不好問你，怎麼鄭老連這麼點面子都不肯賣給你啊，畢竟你也是他孫女婿啊？」

傅華解釋說：「爸，你錯怪鄭老了，他事先根本就不知道。他最近大病了一場，剛剛痊癒，小莉和我不想讓別人去打攪他，就沒告訴他。昨天他還埋怨我，說不該不告訴他的。」

趙凱說：「這麼說他現在知道了？那他是個什麼態度啊？就對這件事情不管不問？」

傅華搖搖頭，說：「鄭老想要出面找郭奎，讓郭奎找呂紀說說這件事情。」

趙凱聽了，說：「鄭老是想讓呂紀訓訓你們的市委書記啊，看來他對你還是很不錯的，不過這招並不好。你們市委書記如果被訓的話，他會更恨你的，日後你的處境將會更加微妙。」

傅華說：「是啊，我也知道不太好，所以攔住了鄭老，沒有讓他這麼做。」

趙凱眉頭皺了一下，說：「這件事總是彆扭啊，鄭老是說什麼不好，什麼也不說也不太好，進退兩難啊。你現在跟金達的關係怎麼樣？我聽小婷說，你跟金達鬧到幾乎翻臉的程度？」

傅華笑笑說：「其實也沒什麼啦，我是因爲小婷在海川那個可憐的樣子，想到當初是金達不讓我去澳洲，才導致我們離婚的，心中十分憤慨，就衝著金達發作了一番。後來金達跟我道歉了，這件事就算是過去了。」

趙凱說：「我問你這些，是想跟你討論一下你的未來。」

傅華笑了，說：「討論我的未來？爸，您這是什麼意思啊？我有點聽不太明白。」

趙凱笑笑說：「你聽我說下去你就明白了。傅華，你不覺得你在駐京辦已經路子越走越窄了？也拿不出個像樣的成績來。這段時間又諸般不順，甚至跟頂頭上司一再的鬧翻，你知道這是爲什麼嗎？」

傅華愣了一下，他從沒想過這個問題，說：「爸爸，這沒什麼特別的吧？日子不都是這樣過的嗎？」

趙凱搖了搖頭，說：「我不這麼認爲，這些事湊到一起發生，就是一種預兆，我認爲你的人生可能到了一個變化的點上，必須要有所改變了；你自己不變，別人也會逼著你變的，所以我勸你，還是自己想辦法變動一下，等人家逼著你變時，可就沒那麼愉快了。」

傅華越發不解了，納悶地說：「爸爸，您的話怎麼這麼玄啊？不會是跟那個王畚大師學的吧？」

趙凱瞪了傅華一眼，說：「別那麼嬉皮笑臉的，我是很嚴肅的跟你談這個問題。」

傅華不敢開玩笑了，說：「爸爸，那您說要我怎麼變動啊？」

趙凱說：「我在想，你是不是應該離開駐京辦了？」

傅華一下呆住了，這幾年他跟駐京辦已經血肉相連了，他已經習慣駐京辦的環境和氛圍，驟然讓他離開駐京辦，他的心就好像空了一塊似的，沒著沒落的。

傅華有點茫然的說：「那我離開駐京辦去哪兒啊？」

趙凱說：「吃飯的時候，我不是說了嗎，有家很大的新加坡公司想要找一個在北京人脈廣、活動能力強的人過去做中國區副總裁的嗎？」

傅華這才恍然大悟，說：「爸爸，原來您說的那個職位是爲我準備的？」

趙凱笑笑說：「是啊，吃飯的時候我之所以沒明說，一來是小莉在桌上，有些話當著她的面我不太好說；另一方面，我也想看看你是不是有離開駐京辦的意思。結果你根本就沒往自己身上想過。好像很享受目前這種穩定的狀態。這可不應該啊，傅華，你才多大點年紀就讓自己這麼安逸？這就像溫水煮青蛙，感覺很舒服，等你覺察到不妙的時候，可能已經被煮熟了。」

傅華不好意思地說：「我是真的沒想過要離開駐京辦，所以您說的那些話就沒引起我的注意。」

趙凱說：「那你現在就開始想想吧。那家公司叫雄獅集團，雄獅集團的名字你應該聽說過吧？」

傅華點點頭，雄獅集團是一家鼎鼎有名的轉口貿易公司。前些年因爲冷戰，中國大陸被全面經濟封鎖，很多產品無法直接出口，於是對轉口貿易需求極大。於是第三方地區和國家就成了一個轉口貿易的最好媒介，香港和新加坡都是得益於這種局勢而發展起來的。

但是隨著經濟的重心開始轉向中國大陸，因而雄獅集團也決定挺進大陸，雄獅集團的董事會主席姓李，據說在新加坡政商兩界都很有人脈。這樣一家實力雄厚的公司前進大陸，一定是想大有作爲一番的。

趙凱說：「你既然知道雄獅集團，就應該知道它的實力有多大，更應該知道你去了的話，能夠做出一番什麼樣的成績來的。」

雖然新加坡只是一個彈丸之地，但是經濟發展相當驚人，如果有機會加入，傅華相信自己一定會盡展胸中抱負的。聽了就有些心動。

趙凱說的很對，他在駐京辦，已經沒有剛到北京來的那種激情，每天被一堆的瑣事絆住腿腳，再也無法邁開大步前進，很可能真的會像溫水煮青蛙那樣，把一輩子都給消耗殆盡。

傅華不禁說：「這個誘惑有點大。」

趙凱笑說：「心動了吧？心動可是不如行動啊。」

傅華想了想說：「能不能給我一點時間考慮一下？」

趙凱笑笑說：「可以啊，雄獅集團中國區目前還是籌備階段，正式掛牌還需要一些時日，你還有幾個月的考慮時間。不過我勸你啊，這種事可是要做就做，千萬別拖拖拉拉，瞻前顧後的，否則很可能就把一樁美事給攪黃了。」

晚上回到家後，鄭莉很快就睡著了，傅華卻失眠了。

他想起白天趙凱跟他所說的那些話，心想：他是不是真的應該離開駐京辦了？風雲變幻，一轉眼他來駐京辦也好幾個年頭，這裏面有幸福也有辛酸，有成就也有失落。他經歷了結婚離婚再結婚的苦辣酸甜，也經歷了生死一刻，交了不少知心的朋友，也得罪了一批又一批的領導……

這一幕幕就像演電影一樣在他腦海裏重播，這種感覺總結到最後就是兩個字：不捨。也許他這輩子的命運已經跟海川駐京辦融合在一起了吧。

傅華躺在床上翻來覆去，終於影響到了鄭莉，她睜開眼睛，看著傅華說：「你怎麼還沒睡啊？」

傅華說：「我在想事情。」

鄭莉問：「想什麼呢？」

傅華說：「我在想是不是要離開駐京辦？」

鄭莉愣住了，她沒想到傅華竟然有離開駐京辦的念頭，她知道駐京辦在傅華心目中的位置，怎麼會突然想離開了呢？

鄭莉說：「你突然這麼說，是不是因爲你跟趙婷的父親下午在書房的談話啊？」

傅華點點頭說：「嗯，爸爸說我在駐京辦已經達到了一個瓶頸，如果不能有所變化，恐怕要被人家逼著變化的。小莉啊，你說我該怎麼辦呢？走，還是不走？」

鄭莉回說：「如果問我，當然是走啦，我早就厭倦看你跟那些領導們勾心鬥角了，離開駐京辦，你的生活也相對簡單些，也不用再去擔心別人在背後算計你，更沒有人會再來要求你安排見爺爺了。」

傅華被說愣了，沒想到他這個駐京辦主任幹得不僅僅自己累，也連累了鄭莉跟著他受累，這是何苦呢？

傅華想，也許真是到了該離開的時候了。

莫克在外面應酬完回到家中，家裏面冷冷清清的。朱欣的房子已經裝修好，就帶著孩子趕在春節前搬了過去，家裏就只剩下莫克一個人了，這與剛才在外面的熱鬧簡直是冰火兩重天。

人可能都有點賤骨頭，朱欣沒搬走前，莫克看到她就是一肚子的氣。可是朱欣真的搬出去之後，他又覺得很不是個滋味，他不喜歡這種孤家寡人的感覺。

朱欣雖然沒什麼情趣，但是每天他穿什麼衣服，吃什麼，朱欣都打點得好好的。現在沒人幫他管理這一切，讓他這幾天的情緒都很煩躁，也讓他這個節過得很不是個滋味。

不過，莫克並不後悔跟朱欣離婚，方晶才是他的女神，只是這個女神對他還是愛理不理的，如何才能突破方晶對他的心防，這是莫克急於想解決的問題。

但是莫克並不擅長這些風花雪月的浪漫情調，也不知道該如何打破他和方晶的這種僵局，只能面對這個難題一籌莫展。

不過，莫克這個春節也並不都是壞事，呂紀就帶給他一個很好的消息。

呂紀說他已經跟發改委的一位領導同志談過雲泰公路的事，那位領導同志答應呂紀幫忙協調，讓呂紀等兩會開過之後，安排人跟他彙報一下雲泰公路這個項目。莫克當即就激動的向呂紀表態，他一定會把這件事辦好。

東海省是全國數一數二的財賦人省，呂紀出面幫海川打招呼，莫克估計從發改委拿到資金的可能性很大，雲泰公路項目就等於基本解決了。莫克當然要激動了。

可惜莫克的激動沒能持續多少時間，因爲呂紀今天打電話來，嚴厲的批評了他。

呂紀說：「莫克同志，我聽說你這次去北京因爲沒能見到鄭老，就批評了你們的駐京辦主任傅華，是嗎？」

呂紀這時的語氣還算平和，莫克沒覺得什麼，就說：「是啊，呂書記，駐京辦主任傅華的工作做得很不到位，他是鄭老的孫女婿，竟然無法安排我去見鄭老，我認爲他很不稱職，所以批評了他。」

呂紀說：「你這是什麼意思啊？報復人家嗎？」

呂紀這話就有點不對味了，莫克趕忙解釋說：「沒有，呂書記，我是就事論事而已。」

呂紀罵說：「什麼就事論事啊，我看你根本就是挾怨報復。莫克同志啊，作爲一個市領導，我希望你能把心眼放大一點，別只看眼皮底下一點點的事。人家不是都跟你解釋過鄭老身體剛病癒，不想見客的嗎？你讓傅華安排去見鄭老不成，就反過頭來批評人家，你讓別人怎麼看你啊？除了挾嫌報復，還能是別的嗎？再說，你讓鄭老知道之後，怎麼看我們東海省的官員啊？」

莫克尷尬的說：「呂書記，鄭老找您問罪了？」

呂紀說：「鄭老倒是沒說話，不過有人看不過眼了，北京有領導打電話來，問我究竟是怎麼一回事。說鄭老現在年紀大了，身體也不好，不願意再出面幫你們辦事了，你們就把氣撒在人家家人身上，有你這麼辦事的嗎？」

莫克頓時慌了，趕忙解釋說：「呂書記，我當時只是不滿傅華工作做得不好，所以才批評了他，沒想那麼多。」

呂紀沒好氣地說：「你沒想那麼多？你可是市委書記啊，想事情不能只想表面，要多想想後面的東西。你不要覺得你這個市委書記很了不起，我還是省委書記呢，很多事我都需要謹慎了再謹慎才行。以後做事你給我多動動腦筋！」

莫克趕忙答應了，呂紀就掛了電話。

雖然呂紀這通電話是打來批評他的，但是莫克從他話裏聽出了有維護他的意思，因而有點沾沾自喜。

反倒是哪位領導打電話來責怪呂紀的呢？莫克想了想，認為很可能是程遠，看來今後一段時間內，對傅華是不能動什麼手腳了。

這時，莫克的電話響了起來，看看是東濤的號碼，就接通了。

束濤說：「新年發財啊，莫書記。」
莫克聽了，笑說：「謝謝，也祝你新年發財。」
束濤說：「謝謝，您在幹什麼呢？」
莫克說：「還能幹什麼，一個人在家裏呢。」
束濤笑笑說：「這麼熱鬧的時候一個人在家裏多無聊，出來玩一下吧。」
莫克遲疑了一下，他的確是很想出去玩一下，只是跟束濤一起出去他有些顧慮，於是說：「束董，我覺得我們現在還是不要一起出現在公共場合的好。」
束濤笑說：「您放心，我帶您出去玩，不是在海川這地面上。離開了海川，就應該沒有人認識您了吧？」
莫克猶豫了一下，說：「這不好吧？」
束濤慫恿說：「這有什麼不好的，我們到一個陌生的地方，誰都不認識誰，正可以放心大膽的玩，一定能玩得盡興的。」
莫克有些心動，他還從來沒有在娛樂場所真正放開手腳玩過，他已經習慣僞裝，不習慣在熟知他身分的人面前放浪形骸，但不代表他就不喜歡這些東西，只是對束濤的邀請有點膽虛，便乾笑了一下，說：「還是算了吧，束董。」
束濤聽出莫克心中想去又不敢去，就說：「別算了啊，莫書記，您放心，今天沒有別人，只有你和我兩個人，我來給你做司機，保證沒有第三個人知道，這下行了吧？」

莫克聽束濤這麼說，就不再拒絕了，笑了笑說：「那行，不過我可事先聲明啊，不要搞一些太低級的活動，這與我們身分不符的。」

束濤不禁失笑，這個莫克還真是僞君子，出來玩就是要放鬆，如果玩也要一板一眼，那乾脆找個地方，大家坐下學你們領導開會好了，還有什麼樂趣呢？

束濤說：「莫書記，看您這話說的，我帶您去的可是最高級的場所，不可能有低級的活動的。」

莫克就不再說什麼了，讓束濤來接他。過了十幾分鐘，束濤就來接了莫克上車。車子開出海川市區後，束濤拿了一個紙包放到莫克懷裏，說：「這裏面是現金，您拿著，晚上好用。」

莫克看紙包的厚度應該是十萬左右的現金，他也沒客氣，就把錢放到腳下去了。

束濤把車子開得飛快，很快就離開了海川，一個多小時後，來到臨市一間看上去相當高級的休閒總會。

裏面燈火通明，金碧輝煌，平常應該是很繁華。只是適逢春節，很多老闆貴客都在家裏跟家人團聚，因此看上去今晚的人氣並不旺。

束濤問道：「這裏怎麼樣啊，莫老闆？」

莫克對東濤喊出他的姓氏有點敏感，趕忙說道：「別叫我莫老闆，別人就會知道我姓莫了。」

東濤心想：這裏又可不是海川，你自己不說，誰會知道來這玩的會是海川的市委書記啊？你也小心的有點過頭了吧。

東濤就說：「那怎麼稱呼您比較好呢？」

莫克想了想，突然想到金達，心說我就當自己是替金達過來玩的好了，便促狹的說：「你就叫我金老闆吧。」

東濤也笑了，這個金老闆指向太明顯了，莫克一定是想到金達身上去了。

莫克說：「東董啊，你先別笑，你告訴我，這裏保險嗎？」

東濤拍胸脯說：「您放心，這家休閒總會的老闆是這個市市委書記的外甥，沒有人敢來這裏查的。」

莫克這才放下心來，準備要下車。

東濤喊住了他，說：「別急，您先帶點錢，出來玩的規矩是，外面看得到的錢別人可以付，但裏面看不到的錢就要自己付了。」

東濤說的是歡場上的一個慣例，就是上床的錢一定要本人自付，別人代付的話，會倒楣的。

莫克就打開腳下的紙包，問東濤說：「帶多少合適？」

東濤說：「兩三個就可以了。」

莫克就抓出三疊，裝進口袋裏。

兩人下了車，到了大廳門口，門童幫他們開了門，經理走了過來，笑說：「兩位先生，請問你們需要什麼樣的服務？」

東濤傲氣地說：「給我開個最好的包廂。」

經理一看來了闊佬。趕忙陪笑說：「兩位這邊請。」

兩人就被帶到一個很大的包廂裏面，東濤吩咐先開一瓶「皇家禮炮」過來，經理馬上就安排了幾個果盤，又拿了瓶皇家禮炮，然後給莫克和東濤各斟了一杯酒，說：

「兩位需不需要找幾個美女陪一下啊？我們這的小姐可是一個比一個的漂亮。」

東濤豪氣地說：「廢話，來這不找美女，我們來幹嘛的啊？」說著，從手包裏抽了幾張鈔票扔在經理面前，說：「這是給你的小費，把你們這最好的小姐給我帶出來吧。」

經理臉上的笑容更加燦爛了，他伸手將那幾張鈔票收入囊中，諂媚的說：「兩位稍等，我馬上就讓美女們來見你們。」經理就出去找人去了。

從進來之後，莫克的頭就一直低著，一直沒敢抬起頭來正眼看人，東濤忍不住說：「金老闆，您別這樣子，出來玩就敞開了玩，沒有人會注意您的。」

莫克一開始還沒反應過來，愣了一下說：「什麼金老闆啊？」

莫克笑了起來，想起是他讓束濤稱呼他爲金老闆的，拍了一下腦袋說：「你看我這個記性。」

束濤笑說：「您別這麼緊張，這裏面看的全是錢的面子，沒人會注意您究竟是什麼人的。」

經理很快帶著七八個女郎過來，站成一排，讓束濤和莫克選擇，束濤看看莫克，說：「您看好了哪一個？」

莫克看了看，每一個都很漂亮，起碼比朱欣要強上百倍，他有點眼花撩亂的感覺，一時之間他還真拿不定主意要選誰好。

束濤看莫克猶豫的樣子，就知道他很少經歷這種場面，笑說：「我來幫您選吧。」說著，從裏面點了兩個出來。

他是老玩家了，選的是裏面最出色的，選完後，又問莫克：「您看這兩個怎麼樣？」

莫克說：「都不錯。」

束濤就指著那兩個女郎說：「你們倆過來吧，給我陪好金老闆。」

兩名女郎就過來坐在莫克的左右。

其中一個女郎拿起酒杯，嬌聲對莫克說：「金老闆，來，我們喝酒。」

束濤也選了兩名女郎，端起酒杯對莫克說：「來，金老闆，今晚可要玩個痛快啊，喝酒喝酒。」

莫克笑了笑，端起酒杯喝了一口。

酒是助興的東西，喝了幾口酒後，莫克便放開了，開始享受這一刻，他學束濤的樣子左摟右抱，手開始在女郎身上遊走。

不同於朱欣皮膚的手感，此刻在莫克身邊的兩個女郎都是光滑細膩，摸起來是那樣的舒服。

這兩個女郎的身材也是凹凸有致，讓莫克感受到從來沒有過的刺激，有那麼一刻，他恍惚覺得自己好像是在撫摸著方晶的胴體。

這兩名女郎也看出來今晚的客人是以莫克爲主，於是兩名女郎加足馬力討好莫克，身子像牛皮糖一樣在莫克的懷裏扭動著，其中一名女郎還伸出手撫摸著莫克的下面，肆意挑逗莫克本來就已經很敏感的神經。

另一個女郎看莫克只顧著親近她的同伴，根本就不理會她，有點著急了，像這種陪侍，她們得要儘量逗客人開心，才能得到更多的小費。於是嗲聲嗲氣說：「老闆，不來了，你偏心，光陪她不陪我。」

莫克很享受這種女人爲他爭風吃醋的感覺，笑笑說：「我陪她是因爲她表現的好啊，你呢？」

莫克說完這句話，自己都覺得不好意思起來，好像從一個正人君子一下子變成了花花公子了。

女郎不甘示弱的說：「那你看我的表現啊。」女郎說著，伸手搬起莫克的腦袋，把莫克的臉按進了她的雙峰之中。

一股甜膩的肉香頓時充滿了莫克的鼻腔，熱血頂進了他的腦袋，他享受的在雙峰之間深吸了一口氣，然後就在女郎的玉峰上亂拱起來。

第三章

政壇災星

宋濤說：「我的看法很簡單，我認為這傢伙確實有點小聰明，不過外表忠厚，內懷奸詐。莫書記，您可要離這傢伙遠一點，他算是海川政壇上的一顆災星。」

莫克驚訝地說：「災星？怎麼說？這裏面有什麼故事嗎？」

跟女郎們玩鬧了一會兒，束濤便提議帶女郎們去開房間，莫克看了一眼束濤，他現在心理很怪異，既渴望又恐懼，既想拒絕又想放開來嘗試一些刺激的東西。他緊張的說：「這個，這個，這個。」

莫克這個了半天也沒這個出什麼來，他不知道該怎麼表達他的想法了。

束濤是人精，一看莫克局促的樣子，就知道他在緊張什麼，他笑了笑說：「金老闆，您什麼意思啊？是覺得兩位美女伺候您還不夠，想來個三英戰呂布？」

莫克被逗笑了，指著束濤笑著說：「你這傢伙，就會拿我尋開心，我可沒那個能力一對三。」

莫克這一笑，就消除了很多尷尬，顯得自如了一些。

束濤笑說：「那就行了嘛，我可告訴你們這兩位美女，我們這位金老闆是很有錢的，你們服侍好他，鈔票可是少不了你們的。」

兩個女郎都露出媚笑，其中一個說：「老闆放心，我們的功夫可是一流的，保管送你到快樂的巔峰上去。」

束濤說：「那還等什麼啊，春宵一刻值千金，趕緊帶我們的金老闆享受去吧。」

束濤和莫克就分別開了房間，每個人都帶了兩名女郎進了房間。

進房間後，兩名女郎就一前一後把莫克夾在中間，簇擁著莫克往床上去，一邊幫莫克寬衣解帶，等到了床上，莫克和兩名女郎都是身無寸縷了。

在兩名女郎的左右夾攻下，莫克久曠的身體不久就有了反應，不知道方晶在這方面的表現如何？莫克不由得把在他身下扭動的女人當成了方晶，感受到一種天雷勾動地火的快意，很快達到了巔峰。

離開休閒總會時，莫克感到腰眼在隱隱作痛，看來他這個年紀已經不適合再做這麼劇烈的運動了。

束濤看莫克一直不說話，以爲莫克睏了，就說：「莫書記啊，您睡一下吧，海川還有一會兒才到。」

莫克笑笑說：「我不累，只是有點腰痛而已。束董，你是不是經常這麼玩啊，身體受得了嗎？」

束濤笑了起來，說：「經常這麼玩誰受得了啊？我也是偶一爲之。男人嘛，總是偶而有玩玩的時候。」

莫克笑說：「這倒是。誒，束董，孟副省長是不是也是這樣，經常會跑來海川玩啊？前段時間那個攔鄧子峰車的女人，是不是就與孟副省長有關啊？」

束濤愣了一下，沒想到莫克會突然提到孟副省長，便打馬虎眼說：「這我就不知道了，孟副省長嚴格講是孟森的關係，我跟他接觸並不是很多。」

莫克說：「束董啊，你這就不實在了吧？現在就我們倆人，剛才我們又一起玩過，你還不跟我說實話嗎？」

束濤說：「莫書記啊，我不是不跟你說實話，而是我知道的也都是一些傳言，我並沒有跟孟森求證過這些傳言的真假，所以無法跟您說一個確切的答案。」

莫克見束濤不願意講，也就不再糾纏下去，他轉了話題，說：「誒，海平區那個地塊你們拿到了嗎？」

束濤笑笑說：「還沒，不過我們跟海平區的領導接觸過了，他們已經表態一定支持我們城邑集團了。謝謝您了，莫書記。」

莫克說：「我們這是互惠，說謝謝就見外了。」

束濤說：「相比我的付出，我們得到的利益更大，所以還是應該謝謝您。」

莫克笑笑說：「話不能這麼說，雲泰公路這個項目還是你提醒我的，是不是我也該跟你說聲謝謝呢？」

束濤說：「謝我幹什麼啊，這事不是進行得很不順利嗎？害您白跑了一趟北京，我都覺得不好意思了呢。」

莫克說：「年前是不太順利，不過現在情況有些不一樣，呂紀書記親自出馬跟國家發改委的一位領導打了招呼，那個領導同意專門找個時間聽彙報，算是有了眉目。再說因爲這件事，讓我知道呂紀書記依然是支持我的，這個收穫可比什麼都重要。」

束濤笑笑說：「這確實是一個很大的收穫，有了呂紀書記對您的信賴，您肯定能在海川政壇立穩腳跟的，也就沒必要再去跟孟副省長接觸了。」

莫克有點不好意的說：「束董，現在看來，我那個時候是有些毛躁了，幸好當時孟副省長沒時間見我，不然還真是有點不好處理。」

束濤笑笑說：「也沒那麼嚴重了，孟副省長會妥善處理這些關係的。」

莫克不想繼續談這件事，這個話題讓他有些不自在，他再次轉了話題，說：「束董，你也算是我們海川的老人了，對海川政商都很熟悉，你對傅華這個人怎麼看啊？」

束濤知道莫克這次跑北京不順利，有一部分原因是在傅華身上，束濤也很恨傅華，他兩度競標舊城改造項目失敗，傅華在其中都起了很大的破壞作用，要不是傅華居中聯絡讓中天集團和天和房產聯合在一起，他也不會處處被動的。

束濤說：「我的看法很簡單，我認爲這傢伙確實有點小聰明，不過外表忠厚，內懷奸詐。莫書記，您可要離這傢伙遠一點，他算是海川政壇上的一顆災星。」

莫克驚訝地說：「災星？怎麼說？這裏面有什麼故事嗎？」

束濤笑笑說：「不是故事，而是真實的事。您剛到海川不久，有些事還不知道，知道之後，您可能也會覺得他是災星的。」

莫克好奇地說：「束董，究竟發生了什麼事啊？」

束濤說：「說起這個傅華來，他是在曲煒手裏發跡的，是曲煒讓他去了駐京辦，他才有日後接連娶了兩個很有背景的妻子的機會，算是登了龍門。不過，就在傅華出任駐京辦主任之後，曲煒就出事了，差點就被免掉了職務。」

莫克笑說：「曲煒出事是因爲他找了一個情婦吧？算在傅華頭上有點牽強。」

束濤不以爲然地說：「也不能說是牽強，曲煒這個情婦王妍曾經遠走北京，是傅華幫他找到她的。這件事也只是一個開頭，後面接二連三發生的事，傅華都脫不了干係。」

莫克問：「後面又發生了什麼事啊？」

束濤接著說：「緊接著倒楣的是孫永，孫永也很賞識傅華，才把傅華留在海川駐京辦。也因爲這個，孫永最後淪落成階下囚。」

莫克說：「孫永倒楣不是因爲一卷受賄的錄影嗎？」

束濤搖搖頭說：「您是只知其一不知其二，曝光這卷錄影的女人，風華絕代，是傅華帶進海川來的。」

莫克好奇地問：「什麼樣的女人算得上風華絕代啊？」

束濤誇張地說：「您沒看過那個女人，那個女人真是漂亮極了，漂亮的讓人幾乎不敢親近。這個女人叫吳雯，是傅華領過來的一個投資商，她公司辦手續還是傅華協助的呢。傳言吳雯是為了力保當時的市長徐正，才舉報了孫永的。最有意思的是，傅華曾經帶孫永去北京見過一個大師，那個大師給孫永寫了一個『正』字，要孫永注意。孫永就把鬥爭的矛頭對準了徐正，沒想到因此倒了楣了。」

莫克笑了笑說：「這個說法還是很牽強的。」

束濤說：「一件是牽強，兩件是牽強，那麼三件呢？接下來倒楣的就是徐正了，他的下場最慘，也最詭異。這期間，傅華跟徐正鬧得不亦樂乎，先是那個漂亮女人吳雯在北京被殺，然後是徐正猝死，甚至傅華也差點出車禍死掉。傳說吳雯所以要離開徐正，就是看上了傅華，所以才會離開海川跑去北京，目的就是為了跟傅華在一起。小道消息說，吳雯本來是北京一家頂級夜總會的頭牌小姐，傅華去玩結識了她，然後把她帶到海川來，不管怎麼說，傅華都是逃不了干係的。」

講完這些，束濤總結說：「莫書記，您看，這麼多領導的倒楣事，當中都有傅華參與其中，如果說傅華一點責任都沒有，我可不信。」

束濤又說：「再說這次我和朱科長照片曝光的事吧，您知道這裏面傅華起了多大的作用嗎？」

莫克驚訝的說：「這事也有傅華的份？」

東濤說：「哪能少了他啊？這次的幕後黑手中天集團，就是傅華仲介跟天和房產認識的，也是傅華居中聯絡調度，讓兩家勾結在一起對付我們的。」

莫克到現在還對朱欣和東濤見面被曝光耿耿於懷，此時一聽竟然也和傅華有關，不由惱怒地罵道：「這傢伙真是個災星啊。」

東濤看莫克憤慨的樣子，知道他費了這麼多口舌的目的是達到了，他就是想讓莫克對傅華產生不好的看法，然後讓莫克把傅華從駐京辦主任的位置上拿掉。

傅華這個駐京辦主任雖然職務不高，但是東濤發現，他在丁江這個對手陣營中起著很關鍵的作用。天和房產跟政府之間的很多關係都是傅華居中協調的，東濤覺得他跟丁江幾次鬥法失敗，傅華是一個很關鍵的因素。因此搬掉這個絆腳石，對東濤來說很有必要。

東濤又聳動地說：「莫書記啊，您有沒有覺得傅華待在駐京辦主任這個位置上，對您很不利啊？這傢伙利用這個位子的優勢，阻礙您跟北京的高層領導接觸，目的是什麼，還不是阻礙您爭取政績的機會啊？因為這樣才對他的主子金達最有利。」

莫克對東濤這個說法十分贊同，便點點頭說：「是啊，我也覺得這傢伙在駐京辦主任的位置上是有點礙事。」

東濤打鐵趁熱說：「既然這樣子，您為什麼不索性就趁這次機會把他拿掉算了，理由是現成的，他沒能安排您見到鄭老，就說明他這個駐京辦主任不稱職。」

莫克心想我何嘗不想拿掉傅華啊，可是我也得有能力拿得掉他啊？剛剛呂紀才交代我不能對傅華妄動呢。

莫克便說：「束董，你也在官場待過，應該知道越是這個時候，我越是不適合將傅華拿掉。如果我現在拿掉他，海川政壇上的人一定會認爲我是挾嫌報復，那我豈不成了一個卑鄙的人嗎？這對我的形象很不好的。」

束濤愣了一下，這傢伙搞什麼鬼啊？剛才還恨傅華恨得牙癢癢的，怎麼轉眼之間又擔心影響他的聲譽，不想對傅華下手了呢？

束濤忍不住說：「莫書記，您如果不趁現在拿掉他，可能就是養虎遺患了。」

莫克不屑地說：「束董，你過慮了，一個小小的駐京辦主任能幹什麼啊？你就把他放在那裏又能如何？他掀不起什麼大風浪的。需要擔心的不是他，是他背後的金達和孫守義。特別是那個金達，表面上對我很恭順，其實心中一定是憋著一股勁想要把我趕下市委書記的寶座，這傢伙才是最危險的。」

束濤說：「不是的，莫書記，你可別小看傅華的能力。傅華是以金達的智囊著稱，金達很多行爲背後都有傅華指點，傅華才是最危險的。」

莫克瞅了一眼束濤，說：「好了，這個問題我們不要再討論下去了，我很睏了，想睡一會兒。」

莫克這麼說就是明確表明他不想再談了，束濤知趣的閉上嘴，靜靜的開他的車。

「醒醒，到了，莫書記！」

莫克耳邊聽到束濤在叫他，就睜開眼睛，車子已經停了下來。他看看周圍，街邊的路燈有點刺眼的亮著，便說道：「我睡著了嗎？」

束濤說：「是啊，您睡了一會兒，已經到家了，趕緊回去休息吧。」

莫克點點頭，伸手拍了拍束濤的肩膀，說：「今晚謝謝你了。」

束濤笑了笑說：「您客氣了，以後再想出來玩，記得打電話給我。」

莫克沒說什麼，下了車快步進樓道裏。直到關上家門，莫克才鬆了口氣。還好沒有碰到什麼人。

就在這時候，房間燈突然開了，莫克嚇了一跳，就看到朱欣正坐在那裏瞪著眼睛看著他。

莫克惱火地罵道：「朱欣，你躲在房間裏鬼鬼祟祟的幹什麼？」

朱欣冷笑一聲，說：「老莫，這話我還想問你呢，你鬼鬼祟祟的出去幹什麼了，怎麼這麼晚才回來？」

莫克心虛的看了一眼朱欣，說：「你管我幹什麼啊，你現在又不是我什麼人？朱欣，以後你要注意一下自己的行爲，我們已經離婚了，你大半夜的待在我房裏，有人會說閒話的。」

朱欣哼了聲說：「你以爲我願意啊？」

莫克說：「那你跑來幹嘛？」

朱欣說：「是孩子想要我來拿一件東西，搬家的時候我忘記拿了，我才過來的。」

莫克沒好氣地說：「那你拿了就走吧，還待在這兒幹什麼？」

朱欣說：「我是看你那麼晚沒回來擔心你啊。」

莫克冷冷地說：「沒必要，我們已經沒有什麼關係了。」

朱欣說：「怎麼沒必要？你這麼晚出去，是會什麼女人去了？我告訴你莫克，你個人行爲給我檢點一點，你別忘了你還是孩子的父親，別做什麼丟人的事，讓孩子抬不起頭來。」

莫克氣憤地叫道：「你這個女人就會瞎說，我做什麼丟人的事了？」

朱欣笑說：「莫克，你使勁嚷啊，大點聲，讓所有人都知道你是快天亮了才回來的，看看大家會怎麼想。」

莫克馬上閉上了嘴，嘟囔著說：「我不跟你這個娘們一般見識，現在我人也回來了，你的東西也拿到了，你可以走了。走之前把鑰匙留下來，以後我這裏非請莫入。」

朱欣說：「你不用攆我，該走我會走的。我留下來，是還有一件事想跟你談一下。」

莫克用懷疑的眼神看著朱欣，心中開始打鼓，說：「你不會是又想讓我幫你辦什麼事吧？」

朱欣說：「不是。」

莫克鬆了口氣，說：「那就好，行了，有話快說，說完了趕緊走人。」

朱欣埋怨說：「你別擺這個態度給我看，莫克，我們畢竟夫妻這麼多年，難道離了，你對我連個笑臉都沒有嗎？你可別忘了，我是爲了你的仕途才同意跟你離婚的。」

莫克冷笑一聲，說：「別把自己說的那麼偉大好不好？你是爲了錢和房子才同意離婚的。別囉嗦了，趕緊說有什麼事，我很睏了，想休息了。」

朱欣說：「我是想跟你談談孩子。」

莫克愣了一下，說：「小筠怎麼了？」

小筠是兩人女兒的小名，現在正上高二，作爲父親，莫克還是很關心女兒的，聽朱欣說要談孩子，不由得緊張起來，趕緊問女兒出了什麼事。

朱欣皺著眉說：「老莫，我覺得女兒的情緒有點不對頭，沒搬出去還沒覺得，搬出去之後，我覺得她很不高興，說話做事處處針對我，就像今天晚上，時間已經很晚了，東西本來可以明天再來拿的，可是她非堅持讓我馬上過來，我不來她就要自己過來。這麼晚，她一個女孩家我哪放心讓她來啊，只好我跑來了。我看得出來，她並不是想要東西，而是想要刻意爲難我的。」

莫克說：「這不是什麼大問題吧？她這個年紀正是叛逆的時候，故意跟父母找麻煩也很正常啊。」

朱欣斥說：「什麼正常啊，以前她怎麼就沒有啊？她不會突然就叛逆了吧？我覺得一定是我們離婚給孩子造成了很大的壓力，尤其是你還把屎罐子都扣在我的頭上，她一定認爲這一切都是我造成的，是我讓她在同學面前抬不起頭來，她心裏一定是在恨我。」

女兒是朱欣的心頭肉，看女兒這樣子，心中自然很不好過。

莫克看了看朱欣，說：「那你找我想讓我怎麼辦？」

朱欣說：「老莫，我想也許孩子離開現在這個環境會好受一點，所以你看是不是再弄點錢，送女兒去上貴族學校？」

「貴族學校？」莫克驚叫了一聲，說：「你瘋了嗎？我們倆的收入哪能支撐得了讓孩子上貴族學校啊？別人一看就知道我們的錢來路不正的。不行，絕對不可以。」

朱欣說：「你一驚一乍的幹嘛啊？你問問市裏的這些領導們，哪個的孩子不是在貴族學校的？人家怎麼就不怕啊？」

莫克斥責說：「人家是人家，你別老拿人家說事，反正我不允許。」

朱欣說：「那你就看著女兒這樣子下去？」

莫克說：「你再跟她好好談談，跟她解釋解釋，也許她就接受了。」

朱欣說：「談個屁啊，我現在一開口，她就一堆的話等著堵我呢，我沒辦法跟她談，她跟本就不聽我的。老莫，這可是你女兒，你可不能不負責任。」

莫克說：「我不是不負責任，而是沒辦法像你說的安排她去貴族學校。我剛當上市委書記才多久啊？馬上就把孩子送進貴族學校，太招眼了。」

朱欣說：「你成天就只知道想你自己那個破官，好了，如果你不願意跟束濤開這個口，我自己去跟他談，出了問題我來承擔，這總行了吧？」

莫克態度強硬地說：「不行，你去談也不行，你還嫌惹的事不夠多嗎？」

朱欣看了看莫克，說：「莫克，她是你女兒啊，難道就沒有你的職務重要嗎？」

莫克說：「不是這麼比較的。女兒對我來說確實很重要，不過，你這麼做根本就解決不了問題的。」

朱欣冷笑一聲說：「莫克，你就這麼自私嗎？如果女兒有個什麼閃失，我一定不會放過你的。」

莫克辯說：「這不是自私不自私的問題，而是……」

朱欣打斷了莫克的話，說：「好啦，大道理留著你自己用吧，別跟我廢話了，我走了。」說完開了門就離開了。

臨走還狠狠地將門摔了一下，只聽一聲巨響在走廊裏迴蕩。

莫克眉頭皺了起來，一定有人會聽到這聲巨響，肯定又有關於他的八卦要流傳了。

這聲巨響還真是驚醒了不少的人，其中就包括孫守義。

海川市在這棟樓裏撥了一戶給孫守義做宿舍，因此孫守義跟莫克是鄰居。

醒來的孫守義頭有點痛，是宿醉的緣故。

由於是春節，孫守義在應酬時就很隨和，對敬酒的人來者不拒，不覺酒就喝多了。

醒過來的孫守義想了會兒，才意識到這聲巨響是發自莫克的房子，有點詫異，他知道朱欣已經搬走了，在黎明時分會是什麼人出入莫克的家呢？難道莫克找了什麼女人回來嗎？

孫守義爬了起來，給自己倒了杯熱水，喝了幾口，腦袋的疼痛減輕了些，索性也不躺了，就坐在那裏捧著熱水發呆。

這個春節對孫守義來說，既沒有什麼高興的事，也沒特別惱火的事，很平淡。這也恰恰符合了他目前在海川的形勢。

短時間來看，他這個海川市常務副市長既沒有什麼新的升遷機會，也沒有什麼特別解決不了的困境。他的心態也從剛來時急於做出點什麼成績來的急躁，變得平和起來，他開始明白有些事是不可能一鞠而就的，變得有耐心起來。

耐下心來的孫守義對周邊的人和事物有了更多的感觸，特別是他看到莫克也在走他當初新來海川時走的那些彎路，像沒頭蒼蠅一樣四處亂撞，不覺就有點好笑。

莫克和朱欣離婚後，朱欣很快就在城邑集團拿到一棟房子，問題就來了，莫克做市委書記才沒多長時間，他的收入顯然還達不到這個水準，那莫克是怎麼搞到這套房子的房款的，就很令人懷疑了。

按照孫守義的推測，朱欣拿到的這套房子，很可能是束濤送給莫克的，莫克一定是跟束濤私下達成了某種交易，束濤才幫莫克兌現了給朱欣的離婚條件。

既然有交易，就一定有蛛絲馬跡可循，孫守義開始關注城邑集團有沒有新的行動，果然，城邑集團看中了海平區一個地塊，參與了地塊的競標。

孫守義就打電話給陳鵬，問陳鵬這個地塊的情況。陳鵬以爲孫守義對這個地塊也有意染指，就暗示說這個地塊已經有領導打了招呼了，他不好再答應孫守義。

孫守義立時明白這個領導是指誰了，聯繫到朱欣那套房子，孫守義可以確定打招呼的就是莫克。

明白這一點，孫守義就摸清楚莫克和束濤的操作思路了。他們放棄比較顯眼的海川市區，轉而把目光放到周邊的縣市。這麼做更大的好處是很隱密，下屬縣市的主官們絕對不會喧嚷莫克跟他們打過招呼的，人們就不會知道莫克出面幫城邑集團爭取地塊了。

莫克還真是有夠狡猾了，也夠膽大，竟然就在人們對朱欣和束濤私下往來的關注度還很高的時候，波瀾不驚的就幫束濤把事情給辦了。這傢伙玩起小伎倆來還真有一手。

雖然來海川之後，莫克做了不少拙劣的事，但這次手法卻玩得很高明。

孫守義相信此刻莫克心中一定會認爲自己是最聰明的，別人都被他騙了，都是傻瓜。實際上，在政壇上誰也不比誰傻多少，很多人不是看不出莫克在玩什麼把戲，而是不願意去拆穿他，這些人是在裝傻，而不是真傻。

目前孫守義也沒有打算要去拆穿莫克的把戲，他的選擇也很明確，他要跟別人一樣裝傻，因爲他明白別人裝傻的真正原因。這個別人也包括他現在的頂頭上司金達。

孫守義明白金達並不是在忍讓莫克，而是在忍讓莫克背後的背景。金達爲什麼不去忍讓徐正，不去忍讓張琳，也就是因爲徐正和張琳背後沒有莫克的背景。莫克背後的背景，正是現在的省委書記呂紀。

這麼說來，金達這個書生還是很有政治盤算的，他可以意氣用事，也可以對抗市長，也可以對抗市委書記，但是這不代表他不知道做事的界限在哪裡。他很清楚什麼是他不能對抗的。

孫守義知道，金達這種人才是真正危險的人物。

莫克的虛僞狡詐讓人一看就知道，只要小心提防，莫克是不會構成什麼真正威脅的。而金達坦誠的外表下面，其實隱藏著一些不願告人的心思，而因爲他的坦誠，你不會去想要防備他。正因爲對他毫無戒備，他真要對你做什麼不利的事，你就會受到很大的傷害。

孫守義心中爲此刻下了一道痕，他覺得有必要重新審視一下他跟金達的關係，他必須在兩人之間建一道防火牆，以防止如果他跟金達的利益衝突起來的時候，金達會對他有什麼不利的舉動。

這不是完全不可能的，看看金達是怎麼對待傅華的就知道了。

雖然金達對傅華道了歉，但是事過境遷之後，他會不會覺得對一個部下道歉是件屈辱的事呢？心中會不會因此對傅華心生不滿？

從金達並沒有在莫克重炮批評傅華的時候站出來維護傅華上，孫守義隱約感到金達並非對傅華一點看法都沒有。

海川市的一二把手都不滿傅華的作爲，這要是看在那些不滿傅華的有心人眼中，一定會認爲是個可趁之機，說不定會借此機會針對傅華。傅華以後要面對的，恐怕就是一個多事的局面了。

想到這裏，孫守義有一種悲哀的感覺，他認爲傅華是個很少能在官場上見到的一個很有能力的官員，這樣一個幹員，不久的將來很可能就會被莫克想辦法從官場上擠走，而金達則對此袖手旁觀。這大概就是所謂的僞幣驅逐良幣的效應吧。

孫守義不想看到這種情形發生，但是對此卻無能爲力，在這場大戲當中，他只是一個看客，在舞臺上表演的是莫克和金達這些人，有決定權的也是金達和莫克這些人。他能做的，只是適當的時候笑一笑，以取悅舞臺上的主宰者，防止他這個看客也淪落到傅華那種被人趕走的地步。

北京，保齡球館。

一個脫掉外套，穿著白色羊絨衫的美女在球架上選了一個保齡球，拿在手裏掂了一下重量，覺得合適，就抓著球，快跑幾步，姿勢優美的一彎腰，猛地把球抛了出去。保齡球閃著螢光，飛快的向球道的另一頭滾去，然後撞到木瓶，竟然是一次很漂亮的全倒。

坐在後面的傅華和賈昊鼓起掌來，傅華笑著對賈昊說：「師兄啊，你這個女朋友保齡球打得真是不錯啊。」

賈昊笑笑說：「她經常來打。怎麼樣，你覺得小凌這個人怎麼樣？」

小凌就是賈昊的女朋友，姓凌名雪，也是一個演員，不過她沒文巧那麼有名氣，是一個剛剛竄起來的新星，年紀也比文巧小很多，二十出頭，身材玲瓏曼妙。

傅華說：「挺好的，師兄啊，我很高興看到你終於從文巧的陰影中走了出來。」

賈昊搖搖頭說：「小師弟啊，你不懂，她們完全是兩碼事。感覺根本就不一樣。」

凌雪擲玩球，回頭衝賈昊燦爛的一笑，露出了雪白編貝一樣的牙齒，粉臉上出現了兩個梨狀的酒窩，看在傅華眼中都覺得很心動，心說青春真是無敵，賈昊這傢伙還真是豔福不淺啊。

凌雪說：「昊哥，我這球怎麼樣？」

賈昊一挑大拇指，說：「太棒了，完美。」

凌雪笑笑說：「也沒那麼誇張吧，昊哥，該你了，讓我看看你這段時間有沒有進步？」

賈昊笑笑說：「看我啊，這個我不行，一會兒可別笑我啊。」

賈昊也去選了一顆保齡球，他可能選的球重了一點，在擲球的時候就有點搖擺，第一次只擊中了四隻，補打了一次，才把全部木瓶都消滅掉了。

賈昊笑說：「我說我不行了吧？」

凌雪笑說：「這是因爲你的姿勢不標準，擲球的效果自然不會好了。」

賈昊說：「我知道了。小師弟啊，該你了。」

傅華選了球擲了出去，他不太常打保齡球，動作就不那麼到位，不過他的運氣不錯，竟然來了個一擊全中。

傅華笑著走了回來，賈昊說：「你這不打得挺好的嗎？」

凌雪扁了扁嘴，譏笑說：「什麼挺好的啊，傅先生的動作根本就不對，他能一擊全中，完全是運氣。」

傅華笑了笑，沒吭聲，心裏卻覺得這個凌雪有點不懂人情世故，她說的這些都沒錯，錯就錯在不該把這些說出來。

凌雪看又輪到她擲球了，笑著站起來擲球去了。

賈昊對傅華說：「這小凌什麼都好，就是說話太直，小師弟，你可別見怪啊。」

傅華笑說：「師兄，我們是出來玩的，我跟一個小女孩較真幹什麼啊？」

賈昊笑說：「你不見怪就好。誒，你去給張凡老師拜年了沒？」

傅華說：「那當然了。我跟小莉專程去給他拜了年。」

賈昊說：「老師有沒有在你面前說起我啊？」

賈昊雖然不太敢去見張凡，但是一直以來都很關心張凡對他的態度。這次傅華去見張凡，張凡倒是真的提過賈昊，不過說的依舊不是好話。

傅華看了看賈昊，心中揣度是不是要把張凡的話轉述給他。

賈昊看傅華看他，笑說：「看我幹嘛啊，是不是老師又在你面前批評我了？你不用怕跟我說實話，老師批評我又不是一次兩次了。說吧，他都批評我什麼了？」

傅華笑了笑，說：「其實老師也不算是批評你了，他只不過說了一下你最近在幹的事。」

賈昊愣了一下，說：「我最近在幹的事？我最近在幹的事情很多，究竟是哪一件不合老師的意了？」

傅華說：「師兄啊，你最近是不是在幫人搞什麼藝術品信託基金？」

賈昊臉上閃過一絲尷尬，說：「老師連這個都知道啊？」

傅華說：「這麼說你是真的在搞了？」

賈昊點點頭，說：「是啊，這也是一個金融工具而已，沒什麼大不了的。我是在幫那個煤老闆于立，你那天也見過啦，他花了大價錢拍下《過秦論》。事後他找我，說他出那麼高的價錢拍下《過秦論》，完全是出於對書法藝術的愛好。只是這個愛好要付出的代價超出了他的預期，搞到現在他手頭沒有了流動資金。你知道流動資金是企業的命脈，資金鏈如果斷了的話，企業就完蛋了。于立自然不肯這樣，就提出說能不能用那幅書法長卷作爲抵押物，弄一份基金出來。我們就合計了一下，設計了一份藝術品信託基金的產品出來。這沒什麼問題啊，很多人都是這麼搞的啊。老師對此是怎麼評價的？」

這時凌雪打完球回來，看著賈昊說：「昊哥，你別光顧著說話，打球啊。」

賈昊卻對張凡的評價比對打保齡球更感興趣，就對凌雪說：「小凌啊，你先打吧，我跟小師弟有話要聊。」

凌雪嘟著嘴不高興的說：「真是的，你是來打保齡球的還是來談事的？」

賈昊安撫說：「你別生氣，我們就聊一會兒，聊完繼續陪你打。」

凌雪嘟著嘴走了，傅華笑笑說：「你怎麼認識這位凌小姐的？」

賈昊說：「朋友介紹的啊，還能怎麼認識的？」

傅華說：「她的年紀太年輕了，跟你好像有點不搭啊？」

賈昊笑笑說：「這有什麼搭不搭的，她未嫁我未娶，我們在一起誰也不能說什麼。好了，你還沒說老師對我究竟是怎麼評價的啊？」

第四章

相濡以沫

傳華說：「我在看書。」

方晶說：「好閒情雅致啊，看什麼書啊？」

傳華回說：「我正在看《莊子・內篇・大宗師》，裏面說道『泉涸，魚相與處於陸，相呴以濕，相濡以沫，不如相忘於江湖。』，真是深有其感啊。」

傅華不太想把張凡的評價告訴賈昊，因爲張凡對他的評語很差，他認爲是賈昊是利用信託基金管理上的漏洞，從中賺取巨額利益，這是在玩火。爲此，張凡給賈昊下了個評語，他說：「你這個師兄啊，很聰明，很有才智，可惜的是沒用對地方。」

作爲行內有名的經濟學家，張凡一眼就看出了這個藝術品信託基金裏面的貓膩。對張凡的觀點，傅華是贊同的，當初他就看出于立這個煤老闆根本就不懂什麼藝術，後來傅華陸續從報紙新聞上看到于立又拍下幾件高價的藝術品，于立這個煤老闆搖身一變，儼然是一個愛好藝術品、搜集藝術品的藝術品商了。

張凡這些話不好一五一十的轉達給賈昊，傅華想了想說：「師兄啊，老師說藝術品信託管理存在很多的漏洞，期望你做事謹慎一點，不要在這上面犯什麼錯誤。」

賈昊笑說：「我就知道老師會這麼說。其實這是不對的，有漏洞才會有機會啊。我在法律允許的範圍內操作有什麼錯啊？老師的膽子真是太小啦，跟不上這個時代了。」

話說到這份上，傅華也不好再去勸賈昊不要這麼做。

有一個消息傅華沒能有機會跟賈昊說，那就是張凡說，國家已經注意到藝術品信託基金裏面存在的問題，近期就準備對這個市場加以整頓。

過了一會兒，凌雪過來問：「你們談完了沒有？」

賈昊說：「談完了，可以陪你打球了。」

凌雪說：「我不想打了，我有點餓了，我們找地方吃點東西吧？」

賈昊便看看傅華，說：「怎麼樣，小師弟，還想打嗎？」

傅華本身保齡球打得並不好，他只是被賈昊叫出來的，見凌雪不想打了，他也樂得到此爲止，就笑笑說：「不打就不打了吧。」

賈昊說：「那一起吃飯吧？」

傅華剛想說一起吃飯還是算了，他不想做這個電燈泡，再說，他還要回去照顧大著肚子的鄭莉呢，就要回絕賈昊。話還沒說出口，凌雪的手機響了起來。

凌雪一看號碼，臉上頓時湧現燦爛的笑容，衝著賈昊說：「是于董打來的，你們等一下，我先接個電話。」

傅華心中打了個問號，這個于董是不是剛才說起的那個煤老闆于立啊？如果是的話，于立怎麼會打電話給凌雪呢？

看凌雪高興的樣子，似乎跟這個于董的關係很好，如果這個于董真是于立，凌雪又跟他這麼熱絡，會不會這個于立就是給賈昊介紹凌雪認識的那個人呢？

凌雪接通電話，笑著說：「于董啊，有什麼好事找我啊？哦，你問我有沒有跟昊哥在一起，是呀，我們在一起打保齡球呢。你找他有事嗎？要不要我讓他接電話啊？不用啊，哦，哦，你等一下，我問一下昊哥。」

說到這裏，凌雪捂著話筒，回頭看了看賈昊，說：「昊哥，于董讓我跟你確認一下，明天你要不要出席他公司開業的掛牌儀式？」

賈昊臉色變了一下，似乎很不滿意，沒好氣的說：「這個老于，我不是跟他講了嗎，我明天有別的安排，他還來確認什麼啊？」

看賈昊稱呼對方為老于，傅華就確認打電話的人應該是于立沒錯了。

凌雪陪笑著對賈昊說：「昊哥，于董的意思是，你最好出席一下，他希望你能去。」

賈昊越發不滿意了，說：「他希望我去我就去啊？你告訴他，我說不行就不行，別費那麼多口舌了。」

凌雪吐了一下舌頭，就對著手機說：「于董啊，昊哥他說真的去不了。沒辦法，他時間安排不開。行行，那再見了。」

凌雪掛了電話，看賈昊的臉色還是不太好，就過去撒嬌的搖了搖賈昊的胳膊，說：「昊哥，于董也是一番好意嘛，他說明天有不少領導會出席，他想介紹給你認識一下。」

賈昊冷笑說：「我還需要他介紹我認識？真是有意思。他這是叫我去給他裝場面罷了，說得那麼好聽。」

傅華不解地看了看賈昊，說：「師兄，怎麼一回事啊？」

賈昊說：「是那個于立，他剛在北京註冊開了一家地產公司，明天掛牌開業，讓我去幫他當嘉賓，我明天行裏可是有活動安排的，抽不開身，拒絕了他幾次了，他就是不死心。」

傅華笑說：「這個于老闆準備把事業發展到北京來啊？」

賈昊說：「是啊，這傢伙很精明，說北京是全國的中心，在這裏獲得成功，全國人民都知道。其實全國人民都知道了又如何呢？就是改不了土老帽愛炫耀的作風。」

凌雪笑笑說：「我覺得于董不土啊，多有派頭的一個人啊！」

賈昊瞅了凌雪一眼，說：「小凌，你喜歡老于是吧？」

凌雪笑說：「昊哥，你不會是吃醋了吧？我只不過覺得于董不像你說的那麼土，可沒別的意思。」

賈昊笑了笑，沒說什麼，轉過頭來對傅華說：「走吧，小師弟，我們找地方吃飯。」

傅華說：「吃飯就算了，我還要回去陪小莉呢。」

賈昊說：「你抬出鄭莉做理由，我就不留你了，那改天再約吧。」

傅華和賈昊凌雪分了手，便往家裏趕。

鄭莉問：「你師兄找你出去幹什麼啊？」

傅華說：「也沒什麼特別的事情，就是陪他女朋友凌雪打了一會兒保齡球。」

鄭莉笑說：「你師兄又有女朋友啦，是幹嘛的？比文巧要好嗎？」

傅華說：「你還挺好奇呢，也是一個演員，這不好比較的。」

鄭莉好奇地說：「總有個好壞的感覺吧？」

傅華說：「怎麼說，這個凌雪比起文巧來，年輕漂亮一些，不過氣質就差多了。文巧有大明星的風範，這個凌雪就是個小演員而已，沒有文巧那種大明星的氣質。」

鄭莉說：「你師兄豔福不淺啊，總能交上演員這種女朋友。老公啊，你羨慕嗎？」

傅華笑說：「我羡慕什麼啊，無論是文巧還是凌雪，都比不上你。」

鄭莉笑了起來，說：「誒，什麼時候嘴變得這麼甜了？」

傅華說：「這是事實嘛。」

鄭莉笑說：「老公，別言不由衷了，凌雪我沒見過，文巧我可是看見過真人的，你如果說她比不上我，你去騙瞎子去吧。老實說，見了凌雪有沒有口水直流啊？」

傅華說：「流什麼口水啊，這個凌雪沒什麼內涵，徒有其表。我跟她相處就那麼一會兒，就覺得乏味了。」

鄭莉說：「不會吧，賈昊看上去可是一個挺有內涵的人，怎麼會看上這種女人啊？」

傅華笑了笑說：「他現在變了很多，可能已經不再注重那些內涵的東西了。文巧我還能接受，這個凌雪我實在接受不了。這個女人根本上就是別人安排給他的，這一點他應該能看出來，可他就是揣著明白裝糊塗。」

鄭莉奇怪地說：「你是說這個凌雪是別人安排給你師兄玩的？」

傅華點點頭說：「我覺得是，今天我從他們的交談當中聽出來，凌雪會認識賈昊，是賈昊認識的一位煤老闆居中介紹的。這位煤老闆正讓賈昊幫他辦事，給他安排一個女演員，絕對是煤老闆能幹出來的事。」

鄭莉說：「如果是這樣子的話，文巧和賈昊是不是也是這樣認識的？」

看賈昊對文巧一往情深，看上去不像是別人送給賈昊玩的。於是傅華說：「應該不會吧？」

鄭莉笑說：「怎麼不會啊？賈昊的工作跟文藝圈接觸的很少，如果不是那樣的話，又怎麼會認識文巧和凌雪這樣漂亮的演員啊？你不覺得賈昊跟文巧在一起根本就不配嗎？如果沒這層因素，你相信文巧會喜歡賈昊那樣的人嗎？」

賈昊的外貌確實欠佳，這麼說起來，鄭莉說的很可能是真的。

傅華很不想往這方面去想，他一直以爲賈昊和文巧是真心相愛，只是因爲孩子的緣故，他們才沒在一起的。原來純情的外表下面，掩藏著這麼黑暗的交易。這讓他覺得本來是很單純的事，忽然變得很齷齪了。

吃完飯，鄭莉去臥室午睡，傅華去書房拿了本《莊子》看。

正當傅華讀得入迷的時候，手機響了起來，是方晶的號碼，他遲疑了一下，接通了。

方晶說：「傅華，我這時間打電話給你，不打攪你吧？」

傅華說：「不打攪。你在幹嘛？」

方晶笑笑說：「我剛起床，想想沒什麼要做的，就賴在床上。誒，你在幹嘛？」

傅華說：「我在看書。」

方晶說：「好閒情雅致啊，看什麼書啊？」

傅華回說：「我正在看《莊子・內篇・大宗師》，裏面說道『泉涸，魚相與處於陸，相呴以濕，相濡以沫，不如相忘於江湖。與其譽堯而非桀也，不如兩忘而化其道。』，真是深有其感啊。」

莊子這句話的意思是，泉水乾了，兩條魚一同被擱淺在陸地上，互相呼氣、互相吐沫來潤濕對方，顯得患難與共，這樣還不如湖水漲滿時，各自游回江河湖海，從此相忘來得悠閒自在啊？與其稱譽堯而譴責桀，還不如把兩者都忘掉，而把他們的作爲都歸於事物的本來規律比較好。

傅華引用這句話的意思，其實是一種對方晶的變相的勸說，他隱含的意思是他和方晶就像泉水乾了被擱淺在陸地上的兩條魚，即使真的能互相吐氣，互相吐沫來潤濕對方，但是還是沒有未來的，還不如相忘於江湖比較好。

方晶笑說：「傳華，《莊子》我也讀過的，你什麼意思我明白。不過，現在是過節，你能不能把你說教的嘴臉給收起來，讓我們互相之間真誠的問候一下對方，行嗎？」

傅華笑了，方晶這麼一說，反倒讓他顯得有點小家子氣了。便說：「這是我不好，你春節過得怎麼樣？」

方晶苦笑一下，說：「不好，悶死了，這個時間大家都在家裏陪家人，沒有幾個人出來玩，我那裏冷清多了，也沒個人陪我，想給你打電話吧，也不敢。春節還是在農村過比較好，拜年串門的絡繹不絕。」

傅華笑說：「那你就回去嘛。」

方晶嘆了口氣，說：「回不去了，傅華。我的血液已經跟這裏緊緊地連接在一起了，讓我再回到那個偏僻的小村去，殺了我也不幹的。」

傅華說：「其實我也是，北京這個地方就是這一點不錯，我現在已經住習慣這裏了，回海川反而感到彆扭。有時候真的是搞不清楚這裏是我的家鄉，還是海川市是我的家鄉。」

方晶笑笑說：「那就都當成家鄉好了。誒不說這個了，傅華，你們的市委書記莫克又給我打電話了，他給我拜年，順便又問起了你。」

傅華開玩笑說：「莫克還是對你有想法的。」

方晶說：「誒，你又跟我開這種玩笑了，我告訴你他打電話給我，可不是給你攻擊我的口實，而是你們的市委書記又問起你的情況了，還問的很詳細，看來莫克不抓到你什麼把柄是不肯甘休的。」

傅華對此早就有心理準備了，說：「隨他去吧，大不了我不幹了總可以吧？」

方晶愣了一下，說：「傅華，我怎麼覺得你有點消極啊，什麼叫隨它去啊，他要撤掉你的駐京辦主任，你也幹啊？」

方晶知道傅華很熱愛他目前的工作，她想如果莫克要撤掉傅華的駐京辦主任職務，傅華一定不會接受的。

傅華笑說：「無所謂了，我的家人都認爲我做這個駐京辦主任有點拖累他們，希望我最好不要再做下去了。如果莫克真有本事能撤了我的駐京辦主任，我還要謝謝他呢。」

方晶聽了，說：「你很消極啊，又是因爲見鄭老的事吧？」

傅華說：「也不完全是，許多因素加在一起的關係吧，我現在似乎進入了一個瓶頸，留下來也沒什麼意思。」

方晶說：「那你如果真的離開駐京辦，打算幹嘛？」

傅華說：「可能找一家外企工作吧？」

方晶驚訝地說：「千萬不要，你以爲外企的工作好做嗎？外商最現實了，你有成績他們會把你捧上大，如果沒有，你很快就會被掃地出門的。這跟你做政府官員的工作可是完全不同路數的。」

傅華笑了起來，說：「方晶，你是不是認爲我在駐京辦的工作就是混吃等死啊？」

方晶說：「我可沒那意思，我是想提醒你，外企的競爭也是很厲害的。我相信以你的人脈關係，能讓你動心想要離開駐京辦的，一定是一家很有實力的企業，他們也一定給你描繪了一幅美好的圖畫，有發展前景，有豐厚的工資待遇。但是越是有實力的公司，對員工的要求也越高，你這種在機關待了半輩子的人，恐怕很難勝任的。」

其實方晶說的，也是他的顧慮，他也有些擔心如果真要跳槽的話，不一定能勝任雄獅集團的要求。

傅華開玩笑說：「你什麼意思啊，想讓我繼續待在駐京辦？」

方晶說：「我覺得目前來說，這是你最明智的選擇。傅華，如果你願意的話，我可以跟莫克打打招呼，讓他不再找你的麻煩，是不是你就可以留在駐京辦了？我想我對莫克的影響力應該是能辦到的。」

傅華說：「這個我不會同意的，我可沒有托庇於一個女人的想法。再說，這樣做也不一定有用啊，莫克恨我是因爲我掃了他的面子，這個心結可不是三兩句話就能化解得了的。方晶，你不要費這種事了，我自己能應對得了。」

方晶苦笑了一下，說：「反正你就是不想領我的情就是了。」

傅華說：「不是，是沒必要讓你這麼去做。」

方晶笑笑說：「好了，我不跟你爭了，有時間過來玩吧，我掛了。」

掛了電話，傅華再想去看他的《莊子》，卻已經沒有那種灑脫的心境了。

傅華現在的擔心不是因爲莫克在私底下動作不斷，莫克對他並不構成什麼致命的威脅，莫克現在還不能拿他怎麼樣。他在擔心的是自己如果真的跳槽，會不會適應不了雄獅集團快節奏的工作？

傅華現在的思維模式完全是一種公家機關工作的模式，要換地方，尤其是到外企，他這套思維模式就需要完全改變，這對傅華來說，是件令人頭痛的事，他更喜歡穩定的工作。

傅華正在胡思亂想著，手機再次響了起來，這次竟然是談紅打來的。

自從談紅向傅華尋問海川重機重組進展被傅華拒絕了之後，談紅已經很長時間沒再打電話給他了，談紅一定是覺得傅華有點不夠意思，畢竟他們共同爲海川重機重組奮鬥了那麼長時間，就算是最後重組失敗，總還有一些工作情誼吧？

傅華接通電話，說：「新年好啊，談經理。」

談紅說：「新年好啊，傅華。你們還在放假中吧？」

傅華說：「對啊，我現在在家裏。」

談紅說：「你倒自在啊，誒，鄭莉最近怎麼樣？」

傅華笑笑說：「你問鄭莉啊，她很在很好啊，只不過肚子大了起來。」

談紅驚訝的說：「你們要有小寶貝了啊，真是不夠意思啊，也不跟我說一聲。」

傅華心說你都不跟我聯絡了，我還能主動跑上門來告訴你小莉懷孕了嗎？

傅華笑笑說：「我們也沒跟太多的人說。誒，你現在怎麼樣？有沒有找到一個英俊瀟灑的男朋友啊？」

談紅笑了，說：「我倒想，可是這種英俊瀟灑的精品男人我是很難遇到了，我現在還是單身。傅華，我剛從一個朋友那裏得知，說湯言搞的海川重機重組方案已經上會通過了，只等春節假期後就公佈。」

傅華暗自嘆了口氣，繞來繞去，談紅還是把話題繞回了海川重機的重組上去。

傅華不好否認，就笑笑說：「是啊，這個我聽湯言說了，是通過了。」

談紅說：「既然湯言講了，那就是真的了。傅華，恭喜你們了，聽到這個消息的時候，我心裏也有一種鬆了口氣的感覺。這件重組案是我這一生的一個大敗筆，對我的打擊很大，不但事情沒能順利解決，我自己還惹上了一身的騷，現在終於能夠解決，我也很高興。」

傅華說：「談紅，你不會還在炒作海川重機的股票吧？」

談紅打趣說：「當然啊，我就是幹這一行的，總不能眼看著湯言賺大錢不跟著賺一點吧？他吃肉，我跟著喝點湯也行啊。傅華，你問這個，不會是有什麼消息要告訴我吧？」

傅華笑了起來，說：「別開玩笑了，我會有什麼消息通知你啊？這些都是湯言在一手操作，我參與的很少，我知道的估計還沒你知道得多呢。」

談紅說：「你不用這麼緊張，我不會真的跟你要什麼消息的。你說得還真對，我作爲證券行內人，知道的情況肯定是比你多的。雖然證券這一行，表面上大家都遮著掩著，這要保密那要保密的，但是你也知道人性，越是秘密，大象越是想要探究，絞盡腦汁也要把秘密弄到手，所以也就沒什麼密能保得住的。」

傅華笑說：「這麼說，你對湯言的情況很瞭解了？」

談紅回說：「當然了，我現在就知道，這次海川重機重組，湯言是和你岳父鄭堅、中天集團，還有一個私人股東聯手炒作的，怎麼樣，我這個消息準確吧？」

傅華愣了一下，談紅知道鄭堅和中天集團並不奇怪，但她竟然知道方晶，就很令人意外了。

話說新和集團爲了掩飾股東的身分，還特別做了離岸公司。談紅連這個都知道，說明她的消息管道還真是很廣啊，看來證券業還真是沒什麼秘密可保得住的。

不過，傅華也有點擔心談紅這麼說是在試探他，因此不置可否的說：「這個我就不清楚了，我只是海川市跟湯言方面的居中聯絡人，具體都有誰參與其中，我還真是不知道。」

談紅笑了起來，說：「傅華啊，別在我面前裝了。新和集團的股東是誰，我得到的消息可是很確切，我不需要你來確認什麼的。我打這個電話給你，是想問你一下，這支股票你究竟有沒有放資金進去啊？」

傅華說：「談紅，我都跟你說了，我對這種錢沒興趣的，你怎麼就是不相信啊？」

談紅笑了起來，說：「好多人對我都說他們對這種錢沒興趣，可是私底下都偷著拿別人的名字開了戶，參與炒作知道內線消息的股票的。」

談紅說的情況確實是存在的，更何況她還建議過傅華這麼做。

傅華並不以爲意，笑笑說：「別人會不會我不知道，反正我是不會的。你問這個幹什麼，有什麼問題嗎？」

談紅說：「你會不會我就不管了，我只是想提醒你，如果你或者你的朋友有海川重機的股票，過些日子，等重組恢復交易後第一波大漲的時候，趕緊出貨，千萬別貪心。」

傅華感到有些意外，他認爲海川重機重組方案就要過會了，下一步的事情就順理成章了，根本就不需要擔心什麼，可是現在談紅的說法卻好像是海川重機會出事一樣，便問道：「這是什麼意思啊？你覺得湯言這次要出問題？」

談紅反問說：「你說呢？」

傅華說：「不會吧？湯言做事一向設想周詳，應該不會有什麼問題的。」

談紅說：「看你這話說的，現在誰能確定應該有還是應該沒有啊？」雖然傅華跟湯言之間並不友善，但是他也不想看到湯言出什麼問題，再說，如果湯言能夠順利重組，對海川重機也有好處。他就很想知道其中究竟出了什麼問題。

傅華趕忙問道：「談紅，你別打啞謎，這究竟怎麼一回事啊？」

談紅說：「傅華，你不覺得這話你不該問嗎？如果你有海川重機的股票，你聽我的話就行了，別的嘛，就不要打聽了。」

這句話聽來十分耳熟，談紅是把當初傅華對她說過的話又回敬了他，這讓傅華感到很尷尬，笑了笑說：「對，這話我是不該問的，謝謝你了談紅，還專門打電話來提醒我。」

傅華這麼說，談紅也有些不好意思起來，她對傅華畢竟有些情意，便說道：

「其實告訴你也無妨，估計湯言現在已經得到消息了，行內有幾家曾經被湯言狙擊過的證券公司，準備在這次海川重機重組上狙擊他，以報一箭之仇，我想這次湯言沒那麼容易能順利賺到錢了。」

傅華問：「這幾家證券公司都很厲害嗎？」

談紅說：「也不是很厲害，不過其中有一家蒼河證券在行內很有實力，其他幾家實力也不弱，他們聯合在一起的實力不可小覷。這幾家都吃過湯言的虧，早就憋著勁想要報復了。這次湯言倒楣就倒楣在他把重組的時間和陣線拉得太長，讓這些人弄清了他的底牌。這些人本來就很注意他，好不容易逮到這個湯言坐莊的機會，自然不會放過他。」

看來真是要有一場惡戰了，不知道湯言能不能應付過來？

傅華苦笑了一下，說：「想不到你們證券業鬥得這麼厲害啊？」

談紅笑說：「傅華，你是不懂這行，通常一個證券公司要做莊，必然會做很多準備工作的，如何進入，如何拉升，怎樣撤出，這都需要一個通盤計畫。人家證券公司費了很多心血才搞出來的東西，湯言卻伸手把桃子給摘走，放在誰身上，誰不生氣啊？以前大家拿湯言沒招，是因爲他只是跟莊，而不是坐莊。現在他不該一改以往獵莊的作風想要坐莊了。這莊是隨便誰都能做的嗎？我怕這次湯言恐怕要出點血了。」

傅華說：「談紅，你們頂峰證券這次也參與要獵湯言的莊嗎？」

談紅笑笑說：「我們手頭是有海川證券的股票，按照目前這個形式來看，海川重機的股價一定會大起大落的，這樣的好機會我們自然不會放過。不過，我們跟他也沒那麼大仇，這次我們只是跟著喝點露水就好了。」

傅華說：「你們倒是夠精明的。」

談紅笑說：「沒辦法，證券公司一人幫人要等著吃飯呢。行了，不跟你囉嗦了，替我跟鄭莉問聲好，再見了。」

談紅掛了電話之後，傅華拿著電話猶豫了一下，不知道湯言是不是知道這個情況？他該把這個情況跟湯言說一下嗎？他覺得還是說比較好，就算是提醒湯言注意一下也好。傅華就撥通了湯言的電話。

湯言接通了，說：「傅華，什麼事啊？」

傅華說：「湯少，我剛跟朋友閒聊，說起了海川重機重組的事。」

湯言沒等傅華說完，就有些不高興地說：「傅華，你可別在外面瞎說啊，要不然，我是可以追究你的責任的。」

傅華說：「你聽我說完好嗎？」

湯言耐著性子說：「行，你說吧。」

傅華說：「我聽朋友說，有幾家證券公司準備在海川重機重組上狙擊你，看來你要小心些了。」

湯言頓了一下，說：「你也聽到這個消息了，你的朋友都跟你說了些什麼啊？」

傅華就跟湯言說他從談紅那裏聽到的消息，湯言聽完，好半天才說：「你過來一下，我在辦公室，我們當面談吧。」

傅華看湯言語氣似乎不再那麼輕鬆，知道他可能遇到了強大的對手，便說道：「行，我馬上過去。」

傅華就去了湯言的辦公室，湯言問傅華：「你那個朋友是頂峰證券的談紅吧？」

傅華點點頭，說：「是她。」

湯言說：「那頂峰證券這次持什麼立場？是一起獵我的莊呢，還是怎麼地？」

傅華老實說：「頂峰證券並不想參與太多，只想跟著賺點露水喝。」

湯言聽了說：「反正就是趁火打劫就是了，呵呵，這種事情我也幹過。」

傅華忍不住問說：「你準備怎麼應對啊？」

湯言老神在在地說：「還能怎麼應對啊，兵來將擋，水來土掩，我不怕他們的。」

傅華笑說：「我怎麼聽你的話底氣不是很足啊？」

湯言看了傅華一眼，遲疑了一下說：「是，我底氣是不太足，蒼河證券想要出手對付我不是一兩天了，他們這次集結了這些證券公司一起對付我，出手一定會很狠，實話說，我還真是有點頭痛。」

傅華說：「能不能不跟他們鬥啊，人家協商一下，看看有沒有辦法和平解決？」

湯言笑了起來，說：「不可能的，我曾經攞了蒼河證券一道狠的，不但從他們嘴裏搶了一塊肥肉吃，還打亂了他們整個的做莊計畫。」

傅華看了看湯言，說：「不會吧，你做事就這麼不留餘地啊？」

湯言想起往事說：「那次我是太貪心了，你知道，那是我第一次完全掐準了莊家的思路，整個坐莊的過程就好像是我設計的一樣，我總能搶先他們一步。最不該的是，我當時以爲做了很多的掩飾工作，蒼河證券應該找不到我的，所以就沒給他們留什麼餘地。最後我賺了不少的錢，可蒼河證券整個部署都被我打亂了，不得不放棄坐莊。那次他們損失慘重，據說他們的老總下了江湖追殺令，非要把我找出來給幹掉不可。爲此，他們動用了不少的關係，也花了大錢，一步步的追查，最終找到了我。不過因爲我父親的緣故，沒敢做什麼小動作。可是蒼河證券就此盯上了我，總想找個機會報復我。」

湯言說到這裏，看了看傅華，笑笑說：「有時候，有個好父親還是有不少的好處的。」

傅華笑了，說：「廢話，沒你父親罩著你，你能這麼張揚跋扈？」

湯言笑說：「是啊，我是張揚跋扈，而且還很張揚跋扈，這又怎麼樣呢？有時候我也問我自己，這麼張揚是不是有些過頭了？可是轉念一想，人生在世，白雲蒼狗，轉瞬即逝。既然這麼短暫，我又何必要委屈自己去裝什麼孫子呢？我就由著自己的心情張揚的過日子，不是挺好嗎？反正怎麼也是一輩子。你這樣子夾著尾巴做人也是一輩子，我這樣張揚跋扈也是一輩子，起碼我還賺了個心情舒暢。」

傅華說：「你這麼說倒也不錯。」

湯言看了傅華一眼，說：「傅華，你知道我最看不起你什麼嗎？」

傅華說：「什麼啊？」

湯言說：「我最看不起你這種裝出來的灰溜溜的樣子，你這個人，很聰明，很有才能，人長得也說得過去。按說對誰都不應該低聲下氣的，可你看你那個樣子，一點都不像個時代青年的樣子。你說你不傲吧？實際上你這傢伙骨子裏是很傲的。」

傅華聽湯言點評他，笑笑說：「湯少，這個是要承認出身環境的，如果我有你那麼個好父親，周邊都是寵著你的笑臉，我估計比你還傲慢的。可是我不行啊，我很小的時候父親就去世了，我看的都是別人的白眼，那時候對我和母親來說，溫飽都是一個問題，我去傲給誰看啊？」

湯言聽了，說：「居養氣，食養體，生存環境倒真是與一個人的氣質有很大的關係。」

傅華說：「不說這些了，我們還是來談談蒼河證券的事吧，既然他們畏懼你父親，為什麼不找你父親出面跟他們打個招呼，不讓他們來蹚這灣渾水啊？」

湯言笑說：「你把事情想得太簡單了，你不打聽一下，能夠做證券的，哪一個不是有著雄厚的背景啊？蒼河證券也有他們的後臺背景的，他們的背景並不差我家老爺子多少。那次他們不動我，是因為真要搞什麼小動作，傷害到了我，我們家老爺子就不得不出面了，兩面就可能鬧到決裂的地步。這可不是他們樂見的，所以他們寧願損失錢，也不敢動我。這次不同，大家爭的是錢財，我又出手在錢上面弄過他們，他們再在錢方面給我一個教訓，大家也就是一報還一報，就是我父親知道了，他也沒辦法說什麼的。所以這件事我不能找我父親，只能憑自己的實力對付他們。」

傅華有些擔心地說：「那你有把握嗎？」

湯言搖搖頭說：「把握不敢說，但是我並不怕他們，不過這一仗打起來會有點艱困罷了。」

傅華說：「我很少看到你這個樣子，看來這仗還真是很難打啊。」

湯言點點頭，說：「蒼河證券那幫傢伙也都是在這一行混了很多年的，經驗豐富，稍有不慎，我就可能栽在他們手裏。」

這時，湯言辦公室的門開了，湯曼走了進來，看到傅華，笑著說：「傅哥來了?!」

傅華點點頭，湯言對湯曼說：「傅華是聽到了蒼河證券要對付我的消息，過來告訴我的。」

湯曼說：「都鬧到連傅哥都知道了，看來蒼河證券這次的動靜鬧得不小啊。哥，你可真是要小心應對了。」

湯言笑笑說：「放心吧，你哥我什麼時候讓你失望過啊。」

說到這裏，湯言轉頭對傅華說：「傅華，我希望能你能幫我個忙，可以嗎？」

傅華看了看湯言，說：「證券這東西我並不是很懂，不知道能幫你什麼忙啊？」

湯言正色地說：「我不是讓你去幫我操盤，我是說，這件事你不要告訴方晶，方晶這女人這次的投資本來就緊張兮兮的，如果再被她知道有人想狙擊我，恐怕她又會找我鬧著要退出了。」

傅華聽了說：「你這個擔心就是多餘了，我跟方晶並不熟，不會跟她聊到這個的。」

湯言卻說：「你這個人很不實在啊，你跟她熟不熟我還不知道嗎？我看方晶最近看你的眼神春情蕩漾，恐怕已經不是熟不熟的程度了吧？」

傅華感覺湯言是故意在湯曼面前這麼說的，像是想刻意渲染他跟方晶的曖昧，便笑了笑說：「我不知道你怎麼會有這麼種想法？我跟方晶也就是偶爾能碰到一次面，哪裡有你所想的什麼春情蕩漾啊？」

湯曼也說：「哥，你別胡說八道了，傅哥怎麼會看上那個女人呢？至於你說的什麼春情蕩漾，那個女人看男人就是那個樣子的，都是一副情人的樣子啊。」

湯言搖搖頭，看著傅華說：「傅華，我現在才明白你爲什麼老是做出那副很乖的樣子了，你這個樣子對女人的殺傷力真是很大啊，你說什麼她們都相信，我真是服了你了。」

第五章

重頭戲

這份工作報告十分冗長，但是他還必須要把這場秀給做完。
好不容易念完了，台下響起了雷鳴般的掌聲。念完後，金達鬆了口氣，
政府工作報告是人大會的重頭戲，完成這個，他這個市長就輕鬆很多了。

傅華心裏有點發虛，他覺得一定是方晶在他面前不經意的真情流露，讓湯言感覺到了什麼，看來要提醒一下方晶，注意她的言行舉止。

傅華這時候自然是抵死不認的，他笑說：「湯少，你這話說的可真有意思，明明我說的就是事實，叫你這麼一說，卻好像我在騙你了。」

湯曼也幫腔說：「是啊，哥，你這話有問題，傅哥的話是真的，我才相信的。」

湯言聳聳肩說：「好好，當我這句話沒說好了。不過，傅華，你可要記住，一定不能把這情況跟方晶說。」

湯言再次強調這件事，讓傅華心裏躊躇了一下，他覺得這麼做不太好，方晶一知道莫克想要對付他的事，馬上就通知了他。而他知道可能會害方晶損失錢財的消息時，卻瞞著她不告訴她，不是很不夠意思嗎？方晶要是知道了，會怎麼想他呢？

傅華便說：「湯少，你們是合作夥伴，彼此之間應該真誠相對，你瞞著她好嗎？這件事告訴她又能怎麼樣呢？現在事情正在進展中，她也不一定會想要退出啊？」

湯言不禁看了傅華一眼，他原本只是想要跟傅華強調一下不要告訴方晶，沒想到反而惹起傅華一連串的問題，這讓他起了疑心。

如果前面他說方晶對傅華有些春情蕩漾是帶著幾分打趣的意思，此刻，他倒真是有些懷疑傅華跟方晶有著什麼，要不然他也不會這麼緊張吧？

湯言故意說：「就算方晶知道了，她也不能怎麼樣的，頂多找我鬧一鬧罷了。不過，那樣子大家相處起來就會尷尬了，所以我不想這樣做。傅華啊，你怎麼突然出來這麼多問題啊，你到底緊張什麼，不會你真的跟方晶有了什麼了吧？」

傅華嗤了聲說：「你又來了，是不是一定我跟方晶有什麼你才肯甘休啊？」

春節的假期很快就結束了，傅華馬上投入到繁忙的工作之中，傅華就把要不要告訴方晶湯言會受到狙擊的事給拋到腦後去了。

猶豫再三，傅華最終還是沒有離開駐京辦，他從踏上工作崗位開始，就一直在政府系統工作，沒有在企業工作的經驗，要到雄獅集團去，他就必須從頭開始，這對傅華來說，並不是件容易的事。

他好像已經沒有剛來北京的那種衝勁了，加上孩子很快就要降臨到這個世界上，傅華也沒有什麼精力去開創一個新的局面。

傅華就把他的想法跟鄭莉講，鄭莉雖然很希望傅華離開駐京辦，但是目前的狀況確實是穩定比變動要好，要傅華同時適應一個新的工作環境，又要兼顧照顧新寶寶，別到時候鬧得心力交瘁就不好了。

鄭莉就說：「行啊，老公，現在我們家即將增添一個小寶寶，確實是一動不如一靜。」

傅華也私下問過羅雨，看羅雨有沒有想向外發展的意思，羅雨也回絕了，他的理由跟傅華很相似，也是習慣了公家單位的工作模式，對民間企業根本就不熟悉，不想放棄駐京辦穩定的環境。

傅華就跟趙凱通了電話，把他的想法和羅雨的回絕告訴趙凱，讓趙凱另尋適合的人。

趙凱聽了，遺憾地說：「傅華，你現在可真是有點變了，一點進取的精神都沒有了。」

傅華不好意思地說：「爸，現在小莉的情況你又不是不知道，我在這時候工作上發生太大的變動，是不合適的。」

趙凱笑笑說：「你不過是找了一個很好的藉口罷了，我記得剛認識你的時候，你做什麼事可沒這麼多顧慮的，認定了就要去做，攔都攔不住你。現在是怎麼了？難道說你就一點危機感都沒有嗎？還是享受慣了目前這種熟悉穩定的環境，不敢嘗試什麼新的東西了？」

傅華慚愧地說：「爸，你不瞭解我現在的心境，駐京辦主任雖然級別不高，但是總是一個官員，你知道一個做慣了官的人，要想再去適應企業競爭激烈的環境是很難的。我不是不敢去嘗試，只是目前這個時機不對。」

趙凱笑笑說：「行了，既然你抬出小莉懷孕的理由，那我就不好再說什麼了。你這個顧慮也是對的，你是該安心陪小莉待產的，好了，你照顧好小莉就行了，我跟對方說我物色不到人選就好了。」

傅華尷尬的笑了下，不好去安慰莿凱，也無從解釋什麼，只好說：「那就這樣吧。」就掛了電話。

春節過後，通常是官員們最忙碌的時候，每年這個時候，人大和政協兩會就要召開了，又有大大小小很多的會議要開。

這次海川市沒有什麼市長選舉之類的重頭戲，官員們的情緒還沒從假期的氛圍中走出來，在開會的過程中大家都提不起勁來。

金達在會議上做了政府的工作報告，今年多少有些不同的是，海洋科技園項目被重點作爲一個單獨的章節來闡述，以代表海川市的海洋經濟取得了很大的發展。

本來金達覺得沒必要專門作爲一個章節來闡述，在闡述海洋經濟發展時順帶提上一兩句就好了，卻遭到孫守義和政府工作報告寫作班子的一致反對。

孫守義認爲海洋科技園是這一年來海川市政府做得最出色的工作，正應該做大，怎麼可以輕描淡寫的一筆帶過呢?!

金達是有點不想自賣自誇的意思，看大家都這麼堅持，也就只好從眾了。

這份工作報告十分冗長，但是他還必須要把這場秀給做完。好不容易念完了，台下響起了雷鳴般的掌聲。

念完後，金達鬆了口氣，政府工作報告是人大會的重頭戲，完成這個，他這個市長就輕鬆很多了。

下午，代表們分組審議政府工作報告，金達和莫克也各自參加了小組的分組討論。代表們發言還算溫和，對工作報告大多持肯定態度。也有些代表提了一些意見，不過都是些枝節上的小問題，還是褒揚的多，貶低的少。

對此結果，莫克和金達早就在預料之中，一般來說，很少有代表會在這種場合提出什麼激烈的意見的。

到晚上結束時，整個會議進行的都很平穩，莫克和金達都覺得這次大會不會有什麼意外發生。

但是意外的情況還是發生了，第二天一早，代表們發現他們的門前不知道被誰放了一封信，拆開一看，是封檢舉信，檢舉海川駐京辦主任傅華利用職權貪污腐化，不但貪污侵佔海川大廈的收入，還和一些不正當的女人有曖昧關係，經常帶一些不三不四的女人出入海川大廈，簡直把海川大廈當做玩弄女人的行宮。

信裏沒有具名，不過附了幾張傅華跟女人一起出入海川大廈的照片，作爲傅華與這些女人有不正當關係的證據。

孫守義也收到了這封信，第一眼看到這封信時，心中就叫道：不好了，這下子莫克恐怕要對傅華動手了。

照片中的女人，孫守義有的認識，其中就有跟湯言一起來過海川的湯曼，還有傅華的前妻趙婷。還有一個十分妖嬈的女人，孫守義並沒有見過，不知道和傅華是什麼樣的關係。

這封信的內容很單薄，並不能證明些什麼，說傅華貪污侵佔，也拿不出什麼確鑿的證據。但是這封信的發出時機很微妙，寄信人選擇在莫克剛剛重炮批評過傅華不久，又把信發到人大會上，散佈到各代表手裏，等於是廣而告之的用意。加上舉報的內容又是時下老百姓最感興趣的男女關係問題，一定會引起代表們對傅華強烈的不滿。

孫守義猜測搞出這封信的人，一定與駐京辦有著某種聯繫，他看到莫克對傅華不滿，以爲有機可趁，所以才選擇這個時機發出這封信，從而讓莫克借題發揮，查處傅華。

孫守義覺得按照莫克的所作所爲以及愛整人的嗜好，一定不會放過這個能整倒傅華的機會；發信的人也一定是揣測到莫克的心理才這樣做，居心實在是很惡毒。

孫守義很替傅華擔心，就拿著信去找金達。

金達看到他拿著信，笑說：「老孫，信你也收到了？」

孫守義點點頭，說：「是的，市長，您怎麼看這封信啊？」

金達笑了笑說：「根本就是無稽之談嘛，照片上那幾個女人我都認識，跟傅華都是很正當的朋友關係，沒什麼不正常的。」

孫守義說：「我也看到了，這傢伙竟然把傅華的前妻都拿出來充數，簡直是有點滑稽了。不過，這個女人是誰啊？」

孫守義指著那個他不認識的女人，問金達。

金達看了看，說：「哦，這是北京鼎福俱樂部的老闆娘，傅華是跟著湯言認識她的。這個女人，莫克書記也認識。」

孫守義說：「市長，您說莫書記會不會拿這封信做文章啊？」

金達不是沒想過這個問題，莫克正對傅華有很多的不滿，會不會借題發揮很難說。但是金達不想把他的推測跟孫守義講，就說：「應該不會吧，我看了信的內容，沒什麼能站得住腳的，以莫克的頭腦，應該不會看不出這一點的。」

孫守義對金達的回答並不滿意，他想維護傅華，可是金達的話很含糊，讓他搞不清楚金達對這件事的真實看法。

孫守義覺得應該逼金達表態，便說：「那可就很難說了，當初孫濤也沒犯什麼大錯誤，還不是一樣被批得很慘？如果莫書記真要借題發揮，那傅華可就慘了。」

金達看了孫守義一眼，說：「老孫啊，我們先不要去臆測莫克書記會怎麼做，還是等他有了明確的態度再說吧。」

金達這句話等於沒說，還是沒把他的態度表露出來，孫守義覺得金達沒有要維護傅華的意思，因此才不願意表露出他真實的態度，孫守義也只好作罷。一切就只有等莫克有個態度出來才會明朗化了。

但是接下來的人大會上，莫克並沒有提到過這封檢舉信，既沒說要調查傅華，也沒讓人調查怎麼會有一封信在代表門前，直接對這封檢舉信漠視了，就好像這封信根本就不存在一樣。

孫守義有些詫異，莫克不可能沒收到這封檢舉信，既然知道，爲什麼不置一詞呢？難道是他不想打亂人大會的會議行程，想等著人大會結束之後再對傅華發難？

孫守義無從判斷，也因爲莫克並沒有對這件事發表什麼看法，代表們對這封信並沒有太多的關注；很多代表也認識傅華，對傅華的爲人多少瞭解，因而並不相信信上所寫的。檢舉信竟意外的平息了下去。

人大會順利的結束了，檢舉信成了人大會上的一個小插曲，並沒有惹起任何的波瀾。

不少人，包括孫守義在內，都想看看人大會結束之後，莫克會不會拿這封檢舉信做什麼文章，但是人大會結束後，莫克並沒有做什麼針對傅華的小動作。那些等著看傅華倒楣的人徹底的失望了。

其實莫克是看到了這封檢舉信的。一開始，他確實有點見獵心喜，想說看看能不能有什麼辦法借助這封信整掉傅華。

不過等他看完了信裏面的照片，他就打消這個念頭了。因爲他看到方晶出現在信裏的照片上。照片上的方晶滿面含笑的看著傅華，跟傅華的神態似乎十分親暱。

莫克有些詫異，方晶明明跟他說她跟傅華並不熟，可是看照片卻不是這個樣子，照片上的方晶跟傅華像老朋友一樣，這兩人之間是不是有什麼故事？又是什麼原因讓方晶不肯承認她跟傅華很熟的事實呢？

這些問題，莫克一時找不到答案，不過有一點莫克很確定，他不能用這封信整傅華，那樣會把方晶給牽涉進來。

既然未來有一天他可能擁有方晶，那現在把方晶汙名化，說方晶跟傅華有什麼不正當的關係，顯然是對他不利的。萬一方晶真的做了莫克夫人，人們就會想到方晶曾經被莫克說成是跟傅華有勾搭的壞女人。那時候，丟臉的可就是他莫克了。

莫克在心中暗罵寫這封舉報信的人，心說你算是什麼東西啊，就憑這麼幾張照片就想整倒一個官員啊？你把問題也想得太簡單了。手法又這麼拙劣，難道真以爲我莫克是傻瓜，會這麼輕易的就被人利用嗎？

就算要整倒傅華，起碼也拿出點像樣的東西來啊，拿出那種讓人一看就知道傅華犯了錯誤、非處分不可的東西。那樣子的話，就算是我不說什麼，別人也不會放過傳華的。

於是，莫克就把這封舉報信置之不理了。

但是人們並不知道莫克心中在想什麼，更不知道舉報信的照片中，有一位莫克喜歡了很久的女人，因此人們對莫克遲遲沒有動作感到有點莫名其妙，他們搞不清楚莫克葫蘆裏究竟賣的是什麼藥了。

傳華也搞不清楚莫克究竟想幹什麼，他是在辦公室看到這封舉報信的，這是丁益從朋友那裏找到了一份，用快遞寄給他的。

看到信的內容及照片，傳華覺得倒沒什麼，但是心中多少有些緊張，他不知道莫克會拿這封信做些什麼。莫克是個喜歡無中生有的人，沒有理由還會找出理由整人，這次拿到這些照片，等於給了他一個很好的理由，就算他不對傳華做出處分，起碼也會借這些照片嚴厲批評傳華私生活不檢點的。

但令人意外的是，莫克一直未予置評，似乎不想拿這封信做文章。莫克的一反常態讓傳華感到詭譎，他不知道這後面有沒有隱藏著什麼陰謀。如果他要離開駐京辦也就無所謂了，但他既然打算繼續留在駐京辦，那他對此就不能不有所擔心。

另一方面，這封信究竟是誰搞出來的呢？傳華看這些照片，應該是在海川大廈裏面拍的，顯然是駐京辦的人幹的。是誰會對他的私生活這麼感興趣，把這幾個女人來駐京辦的情況給拍下來呢？

傅華心中懷疑的對象，是駐京辦的副主任林東。林東想坐這個駐京辦主任位置很久了，一直想把傅華趕走，只是傅華一直沒給他機會。

傅華想把林東叫過來，問他知不知道是誰搞出這些東西來的，不過想了想之後，傅華又暗自搖了搖頭，打消了質問林東的念頭，心想算了，還是不去跟這個小人計較了，給他留一份面子吧，省得見面尷尬，反正這傢伙也沒那個本事把他從駐京辦主任的位置上趕下去。傅華就把照片和信收了起來，放進抽屜。

這時，桌上的電話響了起來，號碼看上去很陌生，傅華遲疑了一下，拿起話筒，說：

「您好，我是傅華，是那位找我？」

一個陌生的女聲用帶點廣東腔的普通話說：

「您好，傅先生，我是謝紫閔。」

傅華愣了一下，印象中，他並不認識什麼謝紫閔，他便說：

「不好意思，我們認識嗎？」

謝紫閔用悅耳的聲音說：「我們沒見過，不過說起一個人，您就知道我是誰了，您的號碼是通匯集團的趙凱先生給我的。」

傅華聽到趙凱，聯想到女子的口音，便猜到對方可能是新加坡雄獅集團的人，便笑了笑說：「我知道了，您是新加坡來的吧？」

謝紫閔高興地說：「您真聰明，是，我是新加坡雄獅集團的。您應該聽趙凱先生說過我們集團目前正在籌備中國分公司吧？」

傅華說：「我聽說了，不過，我已經向趙凱先生回絕你們的邀請了，你爲什麼還要打電話來啊？」

謝紫閔笑了笑說：「這我知道，不過，這不妨礙我們見見面吧？」

傅華心中有點奇怪，說：「爲什麼要見面啊，我不會去你們集團啊？」

謝紫閔笑了，說：「我又沒說一定要您來我們公司，我只是想跟您見見面，瞭解一下北京這邊的情況。我們都是趙凱先生的朋友，我想這個面子您會給我的吧？」

謝紫閔說得很委婉，傅華便不好再拒絕了，說：

「謝小姐這麼說就太客氣了，見面當然沒問題，只是我不希望見面後您再提起去貴公司的事，我可不想再回絕您第二次。」

傅華打定主意的事，就不想再去糾纏，所以先把對方開口的機會給堵死了。

謝紫閔爽快地說：「沒問題，這樣吧，我跟您保證，如果我們見面後，我提到任何一個讓您來我們公司工作的字，您可以馬上就不理我，轉身就走，這樣總行了吧？」

傅華笑笑說：「也沒必要那麼誇張啦，你說出時間地點吧。」

謝紫閔說：「我這人性子急，事情只要提出來，就想馬上辦，你看現在這個時間可以嗎？」

傅華笑笑說：「行啊，我正好有空。地點呢？」

謝紫閔說：「可以去你們駐京辦嗎？」

傅華心想：我才剛被人拍下跟不同女人出入海川大廈的照片，你這時候再來湊熱鬧，我可吃不消，說不定林東正躲在哪裡等著呢。

傅華便說：「別來我這兒，換個地方吧。」

謝紫閔猶豫地說：「那這時候去哪裡好呢？要不我們去『蜂鳥』吧，就在朝陽區的三里屯，離你那也不遠，我們去那裏喝杯咖啡，邊喝邊談。」

傅華知道「蜂鳥」的位置，他曾經跟鄭莉一起去過，就說：「行，那一會兒見了。」

傅華就去了「蜂鳥」。

「蜂鳥」外面是一個精緻的小花園，「蜂鳥」位居花園的一側。它的內部裝潢走的是簡約風格，運用了大量的玻璃，讓不大的地方顯得特別的敞亮。裏面人氣很旺，人來人往，其中洋人占了一半，其他則是北京時下時髦的小資男女。

傅華走進「蜂鳥」，四下打量著，觸目所及，都是一些時髦年輕的女子，好像並沒有符合傅華心中謝紫閔的形象。也沒有單獨一個女人坐在那裏喝咖啡的，傅華就選擇了一個位子坐了下來。

此刻時間尚早，咖啡館內的人還不算多，只有鄰桌坐了一群廣告公司的人，在討論著一個廣告設計方案，給人一種很文藝的感覺。

傅華坐了不久，手機就響了起來，一看是謝紫閔的號碼，就回頭看了看門口，門口站了三名女子，中間一個正拿著電話四處看呢，八成她就是謝紫閔了。

傅華站了起來，衝三人揮了揮手，三人走了過來。

謝紫閔是典型南方女子的形象，小臉，膚色略有些黑，眼窩內陷，略有一點鷹勾鼻，兩頰消瘦，在南方人當中，身材算是高挑的。

這個女人身上有一種卓爾不群的氣質，年級不大，看上去不到三十歲的樣子。

謝紫閔身後跟著的兩個女人都是一身套裝，身形壯碩，應該是謝紫閔的隨從人員吧。

謝紫閔走到傅華面前，伸出手說：「不好意思啊，傅先生，我約您來，還讓您等我。」

傅華笑笑說：「沒必要這麼客氣，我離這兒近，當然來得早了，請坐吧。」

謝紫閔就和傅華對面而坐，那兩名女子一左一右的站在謝紫閔身後，並沒有坐下。

傅華看了謝紫閔一眼，說：「這兩位是？」

謝紫閔解釋說：「我公司的員工，行了，我們談我們的，不用去管她們。」

傅華猜這兩個人可能是謝紫閔的貼身保鏢，他很不習慣這個調調，給他一種無形的壓力，就笑笑說：「我還是第一次這麼跟女人談話，感覺很像是跟人談判似的。」

謝紫閔笑了，說：「傅先生是想說我很像黑社會的是吧？其實我也不習慣這樣子，不過家裏人說我來內地，可能會遇到一些不安全的事，所以特地請了這兩位保護我。」

傅華聽了，說：「那您的家人可就不太瞭解現在的中國了，現在的中國可是文明的地方，根本就沒什麼不安全的事會發生的。」

謝紫閔笑說：「我們雄獅集團確實是對中國大陸很不瞭解，所以我才想跟傅先生聊一聊啊。」

說到這裏，謝紫閔便回頭看了看那兩個人，說：「傅先生不習慣你們這麼站著，你們自己找座位坐，自己叫東西吃吧。」

兩個人這才從謝紫閔身後離開，去一旁的座位坐了下來。

謝紫閔對傅華很洋化的聳了聳肩膀，說：「傅先生，這下可以了吧？」

傅華笑說：「可以了。不知道您找我來想聊什麼？」

謝紫閔說：「也沒什麼特定的話題，就想瞭解一下我們雄獅集團要來北京發展，都應該注意一些什麼。」

傅華聽了，說：「這個我想您問趙凱先生似乎能得到更好的答案。他才是一個成功的商人，我只不過是個很普通的小官員而已，我的建議對您可能沒什麼價值。」

謝紫閔笑說：「傅先生，我看我跟您的年紀差不多，我們說話就不要用您這種稱呼了，我覺得跟同輩人用這種口氣說話很彆扭。」

傅華也笑了，說：「我也覺得很彆扭，行，我們就隨意一點吧。」

謝紫閔說：「其實我找你聊，並不是想跟你聊什麼商業上的事，我是想瞭解在中國內地，怎麼說呢，你們這些官員和商業的關係是一種什麼狀況？」

傅華笑了笑說：「你是想說官場和商場是一種什麼關係吧？」

謝紫閔點點頭，說：「對對，我就是這個意思。你知道在我們新加坡，官場和商場是分得很清楚的，誰要是模糊了界限，必然會受到法律的懲罰。但我聽說中國大陸，商場和官場界限是很模糊的，很多企業家都有官員的身分，而一些官員也會插手商場的事務。我們搞不清楚這究竟是怎麼一回事。當初之所以打算聘請你來我們集團，實際上就是看中你這個官方身分，在北京有很多的官方朋友，相信請到你，一定會讓我們集團在中國的業務開展得很好。」

傅華說：「看來你們集團對中國大陸也不是一點都不瞭解啊。」

謝紫閔笑笑說：「我們要來發展，自然也會先做一些功課的。」

傅華解釋說：「你瞭解到的情況還算是準確，在中國，確實是官場和商場界限很模糊，這邊的市場經濟是一種在政府主導下的市場經濟，很多商業資源都被政府掌控著，在這裏經商離不開官場。而官員們都肩負發展當地經濟的任務，當地經濟發展的好壞與他們的仕途息息相關，沒有商場，經濟發展從何談起？這也就決定了官場也離不開商場。你們準備聘請像我這樣善於跟官員們打交道的人協助你們，這個思路是對的。」

謝紫閔露出微笑說：「可惜的是你不願意來幫我們雄獅集團。」

傅華笑說：「像我這種人在北京比比皆是，你們可以找別人嘛。誒，我們不是說好了不談這個的嗎？」

謝紫閔笑了起來，說：「我可沒有要邀請你來啊，我只是說你不來我們覺得很可惜，這個應該沒犯規吧？」

傅華覺得謝紫閔有點強詞奪理，不過，他也沒必要去跟謝紫閔爭論這些東西，就笑笑說：「算你沒犯規了。不過，接下來不准再談這個話題了。」

謝紫閔說：「行，現在規矩由你定，你說什麼就是什麼。好了，我們先別談這些了，我有點餓了，叫東西來吃吧。你喝什麼咖啡？」

傅華說：「我來杯卡布奇諾吧。」

謝紫閔說：「這裏的甜點也不錯，可以來一塊。」

傅華想了想說：「那我來個藍莓口味的蛋糕吧。」

謝紫閔稱讚說：「看來傅先生是 個很追求口感享受的人啊，卡布奇諾有一種令人難以抗拒的獨特香味，初聞起來味道很香，第一口喝下去時，可以感覺到大量奶泡的香甜和鬆軟，第二口可以真正品嘗到咖啡豆原有的苦澀和濃郁，最後當味道停留在口中，又會覺得多了一份香醇和雋永。這是懂得享受的人才會選的咖啡。」

傅華不禁笑了起來，說：「我可沒這麼多的感觸，我只是覺得口感不錯罷了。」

謝紫閔搖搖頭說：「你們男人對食物的觸覺還真是不如我們女人。」

傅華不否認，說：「這倒是，我們男人對食物的感覺，往往只有食物帶給我們的口感，你們女人卻能從這種感覺當中聯想到很多事，比方說巧克力，男人感覺的可能就只有香甜爽滑，女人卻能從中聯想到愛情的味道。這很令男人奇怪，愛情真的有味道嗎？」

謝紫閔笑了，說：「女人是感覺的動物嘛，在女人的感覺當中，愛情就是有味道的。」

說話間，謝紫閔也點了一杯卡布奇諾，要了一個巧克力蛋糕。兩人接下來又聊了許多關於在北京開公司的事。

從交談中，傅華看出這個謝紫閔雖然年紀不大，但是能力卻很強，她關注的都是問題的重點，很多獨到的見解讓傅華都感覺到驚訝。

這女人很不簡單啊，她表現出來的，可不是一個簡單的家族背景或者高學歷就能夠達到的，這個女人肯定經過不少的歷練。難怪雄獅集團會派她來開拓中國市場，傅華相信她確實有足夠的能力。

結束談話之後，兩人一起出了「蜂鳥」。

臨上車的時候，謝紫閔喊住了傅華，說：「你先等一下，我還有一句話要說。」

傅華跟謝紫閔聊得還算開心，就說：「有什麼話你還沒說啊？」

謝紫閔說：「傅先生，我們集團剛剛前進中國，目前正是求賢若渴的時候，關於來我們集團的事，你還是再考慮一下吧，雄獅集團的門是為你敞開著的。」

傅華打趣說：「誒，你這可是犯規了哦！」

謝紫閔笑說：「是啊，我是犯規了，又怎麼樣呢？反正你現在就要離開了。」

傅華被逗笑了，說：「既然我可以轉身離開，那我就不跟你說再見了。」就去發動了車子。

謝紫閔在下面招手跟他道別，嘴裏還喊道：「你再考慮考慮吧，我們可是虛位以待的。」

傅華沒說什麼，開車走了。

雖然謝紫閔是一個很不錯很風趣的人，跟她合作也許會很愉快，但是傅華並沒有改變心意，反而完全打消了去雄獅集團的念頭，這個謝紫閔太強，他去了也不一定就能有所作爲。

在活動關係，打通關節方面，雖然企業和政府所要達到的目的大同小異，卻絕對不能等同。相比起政府機關，企業更急功近利，雄獅集團派謝紫閔來北京，肯定給了這個女人很艱巨的任務，她必須要短時間內就做出成績來，因此一定會給下屬施加很大的壓力，迫使他們儘快做出成績。他如果去的話，也必然會這樣子。

同時，傅華從謝紫閔的談話中瞭解到了一個資訊，雄獅集團找他加盟，主要的目的還是讓他幫忙雄獅集團活動上層的關係，並沒有要讓傅華參與更多企業本身的經營活動。

這跟傅華在駐京辦所做的事其實大同小異，不過是脫了狼口，又進了虎穴，對傅華來說了無新意，做生不如做熟，他也就沒有必要非要調動工作崗位了。

這時，他反倒有點慶幸他沒有貿然的答應趙凱要去雄獅集團，如果真的去了雄獅集團，結果會如何，還真是很難說，說不定也會陷入像日前他在駐京辦這種尷尬的境地。

第六章

項莊舞劍

孟副省長心說：你不用說得這麼好聽，你最怕的是自己被裘新咬出來才是真的吧。不過，省紀委這麼不休不止的逼問裘新還有沒有別的人參與，這個味道就有點不對了，這幫傢伙是項莊舞劍，意在沛公啊。

臨近省人大即將開幕的時候，東海省政壇忽然傳言四起，說孟副省長就要出事了，中紀委已經準備雙規他。

事情的起因是在孟副省長擔任東桓市市委書記的時候，在他的關照下，東桓市的開發商韓新國低價拿到了一大片土地。現在韓新國的國強置業另一名股東劉強興跟韓新國鬧矛盾，要跟韓新國分家，韓新國不但不同意，還找了一幫人把劉強興狠狠地揍了一頓。

劉強興爲此大病了一場，氣不過，就向中紀委實名舉報了當初孟副省長跟國強置業之間的幕後交易，說是孟副省長接受了巨額的賄賂，才低價把地賣給了國強置業，要求中紀委查辦孟副省長。

可以爲這件事情做證的是東桓市現任的常務副市長裘新被雙規了，這個常務副市長在孟副省長主政東桓市的時候，是東桓市國土局的局長。

這件事之所以說是傳言，是因爲雖然中紀委準備雙規孟副省長，但是孟副省長並沒有從東海政壇上消失，東海新聞裏還不時出現孟副省長參加某活動的的鏡頭。

而且最近似乎因爲傳言的緣故，孟副省長出現在鏡頭裏的頻率還高了不少，似乎在向公眾表明我並沒有出事，我還是那麼的威風。

傳言一出，東海政壇不少人陷入了不安當中，這些人都是跟孟副省長有著千絲萬縷的關係，他們擔心孟副省長出事會把他們給牽連進去。

這裏面當然包括孟森。

孟森很清楚他跟孟副省長做過很多見不得人的事，同時，他的與孟集團如果沒有孟副省長，也很難維持下去，可能早就被人當做黑社會打掉了。不論怎麼樣，他都需要孟副省長在東海政壇上屹立不倒。因此在聽到這個傳言之後，孟森整日坐立不安，終於坐不住了，立即趕往省城。

到齊州時，天已經黑了下來，孟森知道這時候孟副省長應該在外面應酬，還沒回家，就在外面隨便找了個地方吃了點東西，等到晚上八點多，這才去了孟副省長家。

孟副省長的老婆開了門，看到孟森，顯得很高興，說：「小孟來了，吃過沒有？」

孟森笑笑說：「在外面隨便吃了點，省長呢，還沒回來？」

孟副省長的老婆回說：「還在外面應酬呢，說要十點左右才會回來，你先坐那等他吧。」

孟森看孟副省長的老婆神情門沒什麼淒苦的狀態，心多少放下來一點，他很擔心一來會看到孟副省長老婆一副愁眉苦臉的樣子，那樣孟副省長可能就真是要出事了。

孟森在客廳裏看了一會兒電視，十點多時，孟副省長終於回來了，看到孟森在他家，愣了一下，說：「怎麼也不打電話就來了，有什麼急事嗎？」

孟森看孟副省長神態自若，一點不像有事的樣子，也不好說是來看他出沒出事，就笑笑說：「我沒什麼事，就是來齊州辦點事，時間拖得有點晚，不想趕夜路就留在齊州，吃完飯沒事就想過來看看您了。」

孟副省長高興地說：「你還真是有心，跟我來書房坐吧。」

兩人去了書房，坐定後，孟副省長這才看著孟森的眼睛，說：「小孟啊，你跟我說實話，你是不是聽到了什麼傳言，想來我這裏探探風聲的？」

孟森點了點頭，在這個只有他們兩人的房間裏，他就沒必要再掩飾了，於是說道：「省長啊，我就是為了這個來的。下面現在傳得很兇，都說你被東桓市一家開發商給舉報了，說您當初受了那家開發商的賄賂，只收了時價的百分之三十就把土地給賤賣掉，東桓市的副市長因為這件事已經被抓了，他們說很快就會輪到您的頭上。」

孟副省長聽了，呵呵大笑了起來，說：「這些人真是會編故事，都可以到好萊塢去做編劇了。小孟啊，沉不住氣了？你怎麼聽風就是雨啊？」

孟森尷尬地說：「不是，我這不是擔心省長您嗎？我擔心您萬一真的發生什麼事就不好了。您真的沒事？」

孟副省長笑說：「放心好了，我好歹也是一個省委常委、副省長，想讓我倒，沒那麼容易的。裘新的被抓，與我一點關係都沒有，只是被有心人抓住他曾經是我任市委書記時的國土局局長，就把我們聯繫到了一起，這簡直是污蔑。」

孟森一想也是，孟副省長能做到現在這個位置，跟他盤根錯節糾結在一起的人不知道有多少，北京的高層中也不乏他的朋友。這些人絕對不會坐視孟副省長出事不管的，看來自己真是有點多慮了。

孟森便笑了笑說：「我真是沉不住氣，一聽到那些傳言就慌了，現在看您沒事就好。」

孟副省長說：「我真的沒事，你大可把心放回肚子裏去。」

孟森又說：「這件事現在傳得這麼兇，您說會不會是新來的那位在針對您啊？」

孟副省長搖了搖頭，說：「應該不是他，現在還不到他對我動手的時候，鄧目前最急迫的任務是先坐上省長寶座，他肯定不願意在這個關鍵的時候出現什麼枝節的。」

孟森困惑地說：「不是他，那會是誰呢？」

孟副省長輕鬆地說：「管他是誰呢，我問心無愧就好了。我記得梁啓超爲李鴻章做傳，緒論中有這樣一句話：『故譽滿天下，未必不爲鄉願；謗滿天下，未必不爲偉人。』現在做事的人誰沒被人誹謗污蔑過啊？只有那種庸庸碌碌不做什麼事的人才會沒有什麼過錯，才會不被人誹謗。」

對於孟副省長拽的那幾句文，孟森沒有聽得很懂，他的文化水沒那麼高，他也沒看過李鴻章傳，不過，他大致明白孟副省長的意思。

雖然他並不覺得孟副省長是因爲多做了事才會被人誹謗的，不過，孟副省長既然還有心情跟他拽文，就說明問題不嚴重，還有轉圜的餘地，看來他還真是瞎操心啦。

孟森便趕快點點頭說：「這也是。」

孟副省長又說：「小孟啊，我這邊，你不用擔心什麼，我自己能操作得好。倒是你，那個死掉女人的事，你怎麼還沒安撫住啊？我聽說那個女人的媽媽還是去了北京，我跟你講，這事如果鬧開了，那麻煩就大了。」

孟森尷尬的說：「那是因爲過節的關係，我就有點放鬆了警惕，讓那女人鑽了空子，不過那個女人去北京也沒什麼用，她還是被駐京辦送回來了，她起不了什麼風浪的。再說到現在爲止，她還是不知道那個省裏的大官就是您。」

孟副省長說：「不過老這麼鬧，對我不是件好事，我擔心她早晚會知道的，你是不是再想想辦法啊，這總是一個隱患。」

孟森點了點頭，說：「行，我會再想想辦法的。」

孟副省長說：「那就這樣子吧，小孟，你趕快回海川吧，如果讓人知道你深夜來見我，又不知道有多少小道消息要傳出來了。」

孟森點點頭，「行，我馬上就往回走。」

孟副省長就送孟森離開，到門口的時候，孟副省長說：「你自己出去吧，我就不送你了。」

看孟副省長表現出從來沒有過的謹愼，孟森忍不住回頭看了一眼孟副省長。

兩人的距離很近，孟森注意到孟副省長眼角在不自覺地微微抽搐，他的心咯登一下，明白孟副省長今晚的輕鬆肯定是裝出來的，事情絕不像孟副省長嘴上說的那麼輕鬆。

孟森的心開始往下沉，可是他不能去戳破孟副省長的僞裝，他知道孟副省長硬撐給他看，就是不想讓他亂了陣腳，他也只好跟著演下去啦。

門關上的那一刻，孟副省長臉上的笑容馬上就沒有了，孟森看得不錯，他的輕鬆確實是裝出來的。他確實收受了國強置業的賄賂，以市價的百分之三十把地給賤賣了，當時的經辦人就是現在東桓市的那個裘新。

這件事本來已經過去很多年了，孟副省長幾乎都忘記這碼事了，沒想到時隔多年，劉強興居然因爲跟韓新國起了內訌，把這件事給揭發了出來，讓裘新被抓了。

這件事究竟會不會波及到自己，孟副省長心中也是沒底，這讓他很是焦躁不安。他把所有經過在腦子裏想了一遍又一遍，覺得他做得很隱蔽，不會被人抓到把柄，因爲他指示裘新幫國強置業拿地的時候，他並沒有留下任何書面指示，只是在電話裏做了簡短的交代，相信裘新手頭不會有什麼證據能夠證實他利用市委書記的職務，脅迫裘新幫忙拿地的。

另一方面，當初國強置業出面辦事的人是韓新國，劉強興並沒有跟他接觸過，劉強興所知道的都是韓新國告訴他的，並沒有直接證據能證實他就是受了國強置業的賄賂。所以他應該不會有事才對。

不過，孟副省長這種自信沒能維持多久，一會兒他又開始擔心裘新會不會手頭留有他的把柄，比方電話錄音什麼的？

這必須見到裘新，當面跟裘新確認才能讓人放心。但此刻裘新已經被控制，孟副省長不可能見到他；見不到他，孟副省長就無法確認自己是否有事，也就無法把心落到實處。

這幾天，孟副省長在有事或者沒事之間煎熬著，他拼命調動起各種關係，千方百計打探裘新的案件進展，又托朋友去問中紀委對劉強興的舉報持什麼態度。新消息不斷地出現，但是沒有一個能讓他知道是否有事或者沒事，他仍然陷入煎熬之中。

至於鄧子峰的態度，孟副省長說的倒是實話。目前來看，鄧子峰並沒有落井下石的意思，鄧子峰現在把心思都放到準備人大會上，對他很依賴，並沒有因爲出現這些事對他就冷淡起來。

孟副省長真正擔心的是省委書記呂紀對這件事的態度，在競爭省長的時期，他自以爲在北京有雄厚的奧援，省長這個位子一定是他的，因此沒太把呂紀放在眼中。據說呂紀對他就很有看法，說他太過囂張跋扈了，根本沒把他這個省委書記放在眼中。

當時孟副省長沒有意識到這會有什麼後遺症。哪知道最後他沒當上省長，孟副省長才意識到他前面的做法有點太過了，轉過頭來想再去討好呂紀，呂紀的態度卻變得很冷淡。

孟副省長就很擔心呂紀會伺機報復。呂紀不同於鄧子峰，呂紀跟他共事很多年，肯定知道他很多事。如果呂紀在這時候搞他的小動作，一定會抓住他的痛腳的。

對孟副省長來說，這又是一個不眠之夜，在漫漫長夜中，他的腦子在不停的運轉，想來想去都是關於舉報的事，心亂如麻。想了一夜，也沒想出個什麼頭緒來。

早上，孟副省長強打精神起床，他必須按照往常的時間去上班，他看看鏡子裏自己萎靡的樣子，心知不能以這種形象出現在公眾面前，就讓老婆沖了杯參茶喝了，又把頭髮造型了一下，看到自己面貌煥然一新了，這才出門去上班。

在省政府的常務會議上，鄧子峰講了東海省最近需要做的工作。他講得時間有點長，孟副省長坐在那裏認真地聽著，一副精神抖擻的樣子。

不過，過了一會兒之後，那杯參茶的效力過去了，睏勁慢慢上來，他就有點忍不住想打哈欠。

孟副省長知道這時候絕對不能在同事面前露出疲態，就強咬著舌頭，讓舌頭的痛感刺激著大腦，好不至於把哈欠打出來。

鄧子峰講完，看了看在座的同志，說：「大家還有什麼建議嗎？老孟啊，您說說吧。」

孟副省長此刻巴不得趕緊散會，就說：「我沒意見，贊同省長的看法。」

鄧子峰又徵詢了其他人的看法，這種會議上，基本上他這個一把手講了話，就等於是定了調子了，其他人自然沒什麼意見。

鄧子峰就宣佈散會，各自回辦公室。

鄧子峰跟孟副省長一前一後地走著，鄧子峰刻意把腳步放慢了點，說：「老孟啊，我看你今天臉色很差，是不是最近忙壞了？要不要放個假休息一下啊？」

孟副省長心說：這時候我哪敢休息啊，就算我真的病倒了，也不敢休息啊。我如果不出現在公眾視野中，東海這幫傢伙肯定會傳說我被雙規了。

孟副省長強笑說：「我沒事，謝謝省長關心。」

鄧子峰說：「別這麼客氣，大家都是同事嘛，身體是革命的本錢，你可別強撐啊！」

孟副省長趕忙說：「我真的沒事。」

鄧子峰沒再說什麼，兩人便各自回自己的辦公室。

秘書長曲煒這時跟過來，跟鄧子峰彙報事情，彙報完，曲煒順口說了句：「我們的孟副省長現在打死也不敢休息的。」

鄧子峰笑了笑說：「其實老孟這是何苦呢，如果有問題，硬撐也無濟於事；如果沒問題，根本就不需要擔心啊。」

曲煒說：「就怕是真有問題啊。省長，您覺得這次孟副省長能過關嗎？」

鄧子峰想了想說：「能不能過關很難說，不過，要動一個省部級的官員不是件簡單的事，不是說動就能動的。」

鄧子峰知道這也是孟副省長的劫數未到，所以諸般證據都無法籌集起來，也就無法讓孟副省長歸罪。

曲煒點點頭說：「是啊，要動一個省部級官員，上面確實是慎之又慎的。」

鄧子峰總結說：「我們不要去管這些了，省人大召開在即，我需要做好一切的準備工作。」

回到辦公室的孟副省長心中有點喪氣，鄧子峰說他臉色很差，說明他想要僞裝精神奕奕的企圖顯然沒有成功。

他也搞不清楚鄧子峰跟他說這些話是真的關心，還是別有意味。不過孟副省長清楚的是，他的危機還沒有過去。

孟副省長本想通過關係營救裘新，但是隨即發生的事，讓他根本就開不了這個口。因爲裘新受賄被發現是證據確鑿。裘新被宣佈雙規後，紀委隨即對裘新家展開了搜查，在裘新家中搜查到現金、存款以及裘新夫妻名下的房產，累積起來高達千萬，裘新夫妻兩人無法解釋清楚巨額數字的來源。

孟副省長只能暗罵裘新愚蠢，這麼多財產，你怎麼也不想個安置的辦法，你放在家中，這不是等著被人抓嗎？

孟副省長正在煩躁著，他的手機響了，是一個很陌生的號碼。

他呆愣了一下，這部手機是他用於私人聯繫的，只有很熟的朋友才會有號碼，是誰呢？

孟副省長猶豫著接通了電話，對方一開口就沒頭沒腦的說：「是我，老五啊，我這邊都安排好了，您就不用擔心了。」

孟副省長還沒反應過來這個老五是誰，對方已經掛斷了電話。

這傢伙是誰啊，打錯電話了吧？說這句沒頭沒腦的話是什麼意思啊？他認識的朋友當中也沒人排行第五，印象中更沒人自稱自己是老五。對方的口音也不熟，這真是邪門了，莫名其妙的來了這麼通電話。

想了好一會兒，孟副省長猛地一拍腦袋，心說：我怎麼轉不開彎來了呢，這個電話肯定沒打錯，打電話的雖然不是他想的那個人，但是傳達的卻是他想的那個人的意思。那個人打來這通電話，是告訴他，他那邊出不了事，讓他放心。

孟副省長想的那個人不是別人，正是國強置業的老闆韓新國。現在韓新國打這通電話來，應該是已經想辦法擺平了國強置業的漏洞了，這讓孟副省長心中多少放鬆了些。

現在主要的問題解決了，剩下來的就是裘新的部分了，只要裘新這邊也有了結論，他這關就等於是過了。

可是怎麼讓裘新那邊儘快出結論呢？上千萬不明來源的資產可不是隨便就能抹掉的，孟副省長頭大了，如何不讓裘新把火燒到他身上，是他目前最急需解決的問題。

劉強興這邊可以有韓新國去擺平，裘新這邊誰又能幫他擺平呢？孟副省長想了半天也沒有什麼頭緒。

下午，東桓市的市長盧丁山到齊州，打電話給孟副省長，說是想要見面，有事要彙報。

孟副省長本想讓盧丁山找個賓館見面，轉念一想，現在東桓市是這次風暴的中心，盧丁山的一舉一動肯定被人關注著。出去見面，反而顯得兩人心虛，好像是在搗鬼似的，還不如索性大大方方的在他的辦公室見面。反正盧丁山是市長，來見他這個副省長也很正常啊。孟副省長就讓盧丁山來省政府見他。

很快盧丁山就趕了過來。進門後，盧丁山就說：「省長，我們不能讓紀委這麼搞下去了。」

盧丁山是孟副省長的老部下，他們本就是一條線上的，現在出事的裘新又是盧丁山的副手，盧丁山跟裘新關係密切，兩人之間不可能一點都沒問題。這次裘新出事，除了孟副省長之外，盧丁山就是最緊張的了，裘新做過的很多不法事情，他也有份，所以很害怕裘新把他咬出來。

孟副省長狠狠地瞪了盧丁山一眼，他最討厭這種出了事就坐不住的人。裘新被雙規之後，盧丁山就打了不少的電話給他，想要他把裘新救出來。

孟副省長何嘗不想救裘新啊，但是他知道這個根本是不可能的，他只能安撫盧丁山，讓盧丁山先穩住陣腳，可是盧丁山還是慌亂不已，現在更是直接跑上門來找他了。

孟副省長惱火地說：「你慌什麼慌，火不還沒燒到你身上嗎？你再這樣沉不住氣，乾脆直接找紀委自首，讓他們把你抓了算了，省得你留在外面給我添亂。」

盧丁山看孟副省長發火了，不敢說什麼，就嘆了口氣，去孟副省長對面的椅子上坐了下來。

孟副省長看盧丁山低著頭不說話，更加生氣，說：「盧丁山，你這是跟我擺臉是吧？你從東桓市跑上來有事沒有啊？沒事趕緊給我滾回去。」

盧丁山這才抬起頭來，看著孟副省長，可憐兮兮地說：「省長，我是擔心裘新在裏面扛不住，我剛從一個省紀委的朋友哪裡打聽到了一點消息。」

孟副省長臉色緊張了起來，說：「什麼消息啊，裘新招了？」

盧丁山苦笑了一下，說：「那倒沒有。」

孟副省長發白的臉這才有了點血色，說：「你一驚一乍的幹什麼啊，快說！究竟什麼消息啊？」

盧丁山說：「我省紀委的朋友說，裘新倒是牙口很硬，除了承認劉強興那部分外，其他的都不肯說了。但是省紀委卻一直追著裘新不放，非要逼著裘新招供說還有沒有其他人參與其中。這不是擺明了要針對您嗎？」

孟副省長看了盧丁山一眼，說：「你的朋友真是這麼說的？」

盧丁山點點頭說：「對啊，問一兩次還好，一直逼問就是明顯的有針對性了。我真怕裘新骨頭不夠硬，逼到最後把您給牽連出來。」

孟副省長心說：你不用說得這麼好聽，你最怕的是自己被裘新咬出來才是真的吧。不過，省紀委這麼不休不止的逼問裘新還有沒有別的人參與，這個味道就有點不對了，這幫傢伙是項莊舞劍，意在沛公啊。

裘新被雙規，孟副省長一開始光顧著緊張，還沒往別的地方上想，現在細想，就察覺出什麼地方不對了。雖然公開上講，紀委依法辦案，任何人都不能干預。但是在辦理一些涉及到領導層面的案子時，照說不看佛面，也要看僧面，紀委也會跟相關的領導打個招呼的。

這次裘新被雙規，明明是動了孟副省長的人，紀委卻沒有事先跟他打過招呼，讓他被搞了一個措手不及。孟副省長相信紀委敢跟他這個常務副省長不打招呼就這麼做，背後肯定是有人支持。而這個人不會是別人，就是省委書記呂紀。

想到這裏，孟副省長後背上的汗下來了，他還真是忽略了這一點。裘新被雙規，呂紀臺面上沒有什麼動作，公開場合也沒有談過這件事，這麻痹了他，認爲呂紀沒有參與這件事。

如果真是呂紀在背後支持，那麻煩就大了，這可不是他自己能解決掉的。孟副省長就想趕緊把盧丁山給打發走，好趕緊找人應對這件事。

孟副省長不想讓盧丁山看出他亂了陣腳，便強笑了笑，說：「好了，你不要慌，我已經有辦法解決這件事了，你回去吧，我要趕緊找人處理了。」

盧丁山聽孟副省長這麼說，臉上有了喜色，說：「真的嗎，省長？您真的有辦法解決了？」

孟副省長心說：這傢伙真是好騙，我有辦法解決的話，還有必要這麼犯愁嗎？不過他不能跟這傢伙說實話，要不然，這傢伙如果知道我也沒招了，說不定真的可能自己跑到紀委那兒去自首的。

孟副省長故作鎮定地說：「什麼真的假的，我什麼時候騙過你啊？趕緊走吧，我還得趕緊打幾個電話。」

盧丁山笑說：「行，我馬上就趕回東桓市去。」

孟副省長說：「對啊，你在東桓市穩住陣腳，比什麼都強，趕緊走吧。」

盧丁山就離開了。

孟副省長想了想，把電話撥給他在北京的朋友。現在呂紀在背後搞鬼，他就不得不驚動他在北京的朋友了，他的朋友級別並不低於呂紀，必要的時候，他需要朋友出面幫他在呂紀面前說說話，維護他一下的。

朋友接了電話，說：「什麼事啊，老孟？」

孟副省長說：「我現在麻煩大了，呂紀出手對付我了。」

孟副省長就講了事情經過，然後說：「你看，省紀委是不是呂紀指使的？這傢伙就因為前段時間我跟他有點矛盾，竟然下這種黑手想整死我。」

朋友停頓了一下，消化了孟副省長講的內容，然後說：「老孟啊，我看這件事背後可能真的有呂紀的因素，不過，你說他想下黑手整死你，倒是未必。」

孟副省長不明白朋友的意思，說：「怎麼說？」

朋友說：「事發突然，一開始呂紀應該並不知道劉強與要舉報國強置業和你，劉強與把你們舉報到中紀委，看上去並不是一個經過深思熟慮的動作，很可能是一時的發作。如果事先呂紀並不知情，那就不能說是呂紀在背後指使的了。我看呂紀是正好碰到這件事，於是順水推舟，想利用這件事給你個教訓罷了。」

孟副省長想想，確實像朋友所說的那樣，劉強興的舉報很突然，而舉報的內容並不周密，不像是事先經過很長時間策劃的，那呂紀事先也就是不知情的。

不過孟副省長並不認爲呂紀只是想要給他一個教訓罷了，呂紀的動作很可能是要置他於死地的。

其實一直以來，呂紀都覺得他很礙事，根源在於東海省的本土官員之間都很團結，也正是因爲本土官員的團結，才讓孟副省長這個本土官員的代表人物在東海省有著呼風喚雨的勢力，雖然這個勢力沒能讓孟副省長拿下省長寶座，卻足夠對抗呂紀和鄧子峰這些外來的幹部。

如果能扳倒孟副省長這個本土代表人物，呂紀就能夠大大削弱東海省的本土勢力，他這個省委書記才能做成東海省真正的一把手。

孟副省長對朋友說：「你說不是呂紀指使搞出來的，這我相信。不過你說呂紀不想要我死，我覺得不是這樣，呂紀巴不得扳倒我，他好在東海省爲所欲爲。」

朋友不以爲然地說：「扳倒你幹嘛，得罪你身後的一大群人嗎？呂紀沒那麼傻，他肯定知道你能做到現在這麼高的職位，身後是有著一大群人在拱你的。他要扳倒你，要面對這一大群人，而非你一個人而已。」

朋友接著說道：「同樣的，呂紀身後也有一大群人，就算呂紀非要這麼做，他身後的群體也不會允許他這樣做。政治實際上就是分贓的遊戲，每一個既得利益的群體跟其他群體之間都有著一定的默契，誰要打破這個默契可是很危險的。所以除非是無法挽回了，否則呂紀是不會下這種黑手的。」

「那呂紀現在一直不肯罷手，你說我要怎麼辦啊？」孟副省長煩惱地說。

朋友笑笑說：「他不肯罷手，是因爲他還沒得到他想得到的東西，你把東西給他不就完了嗎？」

孟副省長說：「他是想迫使我臣服於他，我並不是非要跟他鬥個你死我活的，我也向他示好過，不過人家的熱情不高，我還有什麼辦法啊，難道讓我跪下來求他嗎？」

朋友說：「我不是說你非要跪下來求他，而是說你做的還不夠好，有時候你要做兩手的準備，在示好的同時，你也要讓他知道，你不是別人隨便就可以擺佈的。你跟呂紀同事這麼多年，彼此之間知根知底，我就不相信你手裏沒他什麼短處？」

孟副省長聽了，笑說：「現在的官員誰沒個短處啊，不追究的時候，大家都是一清如水的清官，真要認起真來查，恐怕大半都要被抓起來了。」

朋友說：「這就對了嘛，去跟人家好好談一談，讓他知道你也是可以反制他的。」

孟副省長笑笑說：「我知道該怎麼做了。」

轉天，孟副省長說是要彙報工作，便去了呂紀的辦公室。

工作彙報完，孟副省長沒有馬上離開，而是很有感情的回顧他和呂紀共事時發生的一些事情，又讚揚了呂紀的領導能力，說是呂紀的能力才讓東海省發展的這麼好，中央也是慧眼識人，讓呂紀出任東海省的省委書記；他作爲呂紀的下屬，相信也願意追隨呂紀繼續大力發展東海經濟，讓東海的經濟更上一層樓。

對孟副省長的這一番吹捧，呂紀並沒有表現的太激動，相反，他十分淡然，甚至還謙虛地說孟副省長過譽了。成績是大家的，不是他呂紀一個人的。

孟副省長就笑笑說：「哪裏，您太謙虛了，帶頭人的作用是很重要的，我作爲下屬，願意爲書記保駕護航，這不有人私下向我反應東海化纖集團改制有問題，我就想辦法把他給勸住了，東海化纖是我們省大型國有企業改制的試點企業，當時我們還沒什麼經驗，試點嘛，總是有不成熟的地方的。」

呂紀瞅了孟副省長一眼，東海化纖是他擔任副省長時主持改制的，種種原因造成這次改制很不成功。

失敗的主因，是選擇了一家實力相對較弱的民間企業接手這家國有大型企業。而這家企業是呂紀拍板的，當時一位高層領導找到呂紀，把這家民企介紹給他，讓他酌情辦理。

呂紀當然知道酌情辦理是什麼意思，就把東海化纖賣給了這家企業。

事後證明這是一個很錯誤的決定，那家企業並沒有實力承接東海化纖，東海化纖在改制後日漸衰敗，最終全面停產。而那家公司卻借助這次改制，資產翻了幾番，成爲富得流油的公司。

這是呂紀政治生涯中的一次敗筆，但是這次敗筆卻換來了他日後的步步高升，那位高層在他日後的升遷發揮了很重要的作用，可以說沒有那次改制，也許就沒有今天的呂紀了。呂紀在這次改制當中獲益匪淺，但是東海化纖的工人們卻不得不承受工廠停產發不出工資的窘境，很多人就上訪要求調查這次改制的合法性。

呂紀當然知道他在這裏面起了不好的作用，當時他已經成爲省長，就利用職權把事情壓了下去，並且利用省財政的錢解決了工人們下崗再就業的安置問題，總算是把事情給抹平了。

今天孟副省長突然提起這件事，他就不敢掉以輕心了，孟副省長對這件事知根知底，如果他假手別人爆出點什麼內幕來，他是很難承受的。

呂紀表面鎮定地說：「怎麼，這些東海化纖的人還在上訪啊，這都是多久的事了，這幫人，老是忘不掉大鍋飯時期的好處。」

孟副省長笑笑說：「書記，您真是說到重點了，這幫人就是無法適應社會發展的進度，不肯依靠自己的能力賺取生活費用，被我狠狠地訓了一頓，這才老老實實的回去了。

您看，這是他們反映的資料。」

孟副省長說著，把一疊資料遞給呂紀。

呂紀想這些資料搞不好就是你搞出來的，索性看也不看，就說：「老孟啊，我不用看了，你處理事情我向來是很放心的。」

孟副省長卻沒有把資料拿回來，反而看著呂紀不說話。

呂紀知道他想要什麼，便說：「我知道你的意思，裘新的事，省紀委跟我彙報過，原本我說查不下去就趕緊結案，可是省紀委那邊非說是中紀委追著不肯放，所以又拖了下來。現在看來也沒辦法繼續追下去了，回頭我會跟省紀委那邊說說，讓他們趕緊結案，別鬧得大家人心惶惶的，不能安心工作。」

政治博弈有時候就是赤裸裸的交易，呂紀何嘗不知道並不能用裘新扳倒孟副省長，他之所以讓紀委拖著不去結案，就是在等孟副省長的態度。現在孟副省長在他面前表示了服從，承認他東海省一把手的地位，他自然也就見好就收了。

雖然呂紀很清楚孟副省長並不是真心服軟，但這總是形成了一種心理上的威懾，讓孟副省長知道自己有足夠的能力和手段收拾他，這就夠了。

至於孟副省長拿出來的東海化纖的問題，對呂紀來說，只是疥癬之疾，根本就不足以威脅他。不過呂紀樂於讓孟副省長覺得那是一個對他來講很重大的問題，這樣一方面可以就坡下驢，結束裘新這件事；另一方面也可以藉此蒙蔽孟副省長這個對手，將來如果兩人真要鬥個你死我活時，孟副省長就會發現他本來認爲可以殺人的刀，其實不過是橡膠假刀而已，根本就沒有威脅性。

孟副省長笑了笑，沒再說什麼，把那份資料給收了起來。

裘新的事情戛然而止，紀委不再繼續追問他有沒有其他人參與，案子被轉到了檢察院反貪局，檢察長來請示孟副省長的意見，孟副省長說，大家都是同志，適可而止吧。檢察院果然就按照紀委查到的部分把案子偵結起訴了，並沒有再深挖下去。

這件事後來滑稽的是，韓新國不肯承認是他同意劉強興去行賄裘新的，韓新國對有關部門的說法是：行賄是劉強興自作主張瞞著他的，並不是國強置業的意思，所以責任應該由劉強興自己承擔。

檢查院起訴要有足夠的證據，他們調閱國強置業的帳本，根本查不到劉強興行賄的資金是從國強置業帳戶上出來的。

其實查不出也是必然的，現在的企業都有一些隱蔽資金是專門用來處理這些上不了臺面的事，加上韓新國早做了必要的運作，檢察院也沒有認真地追查，因此也就查不出什麼來了。

到了這個地步，劉強興舉報的國強置業行賄孟副省長低價拿地的事查無實據，反而劉強興自己行賄裘新的行爲經過劉強興承認，裘新證實，反而是證據確鑿的了，於是最終檢察院以行賄罪起訴了劉強興，以受賄罪起訴了裘新。而被舉報的兩個主角韓新國和孟副省長卻毫髮無傷。

韓新國更是趕盡殺絕，以劉強興身爲公司股東卻行賄官員，又捏造謠言，污蔑公司領導人，給公司造成極壞的影響，損害公司利益，從而將劉強興踢出了公司。當然這些都是後話了。

裘新的案子一移交到檢察院，孟副省長的神情立馬就兩樣了，他的頭再次昂了起來。一切重歸於平靜，喧鬧浮躁的人心也隨著這次事件的平息平靜了下來。

第七章

騎牆派

如果莫克真的私下跟鄧子峰和孟副省長有過什麼接觸，那這個莫克就有點可惡了，
他是想玩左右逢源的把戲。官場上是最討厭那種在各個陣營中游走，
各個陣營都想討好的騎牆派的，呂紀心中就有了根刺。

時間還在繼續，一切的進程仍在進行，省級兩會按期舉行，鄧子峰在人大會上毫無意外的扶正，正式成爲東海省的一省之長。

在發表當選感言時，鄧子峰的語氣顯得很平靜，講話的內容也是中規中矩，只是感謝了人大代表和組織上對他的信任，他會盡一切努力做好省長這項工作。

鄧子峰之所以這麼平靜，是因爲他已經從孟副省長和呂紀的政治博弈中感受到他要展開工作的艱困性。

在紀委對裘新的追查戛然而止的時候，鄧子峰就知道呂紀和孟副省長必定達成了某種交易。隨後孟副省長在公開場合講話的時候，必然會先提到在省委和呂紀的英明指導下如何如何，這種公開示好，表明兩人似乎已經結盟，這讓鄧子峰這個省長更難施展工作了。

現在鄧子峰要面對的是兩方面的夾擊，要如何從這兩面夾擊中殺出一條血路來，十分考驗鄧子峰的政治智慧。

鄧子峰思考的結果，是「合作」兩個字，這個合作，是要跟呂紀和孟副省長都要合作。呂紀是省委書記，鄧子峰跟他合作，東海省的班子才能和諧。

這個合作並不是完全對呂紀亦步亦趨，什麼都聽呂紀的，那樣他這個省長就成了聾子的耳朵——擺設了；而是在跟呂紀的合作當中找到自己的定位，做出自己的成績。

跟孟副省長的合作則是另外一種方式。

鄧子峰現在對孟副省長瞭解了很多，知道孟副省長存在許多問題，因此，跟孟副省長就必須保持一定的距離，有合作，也有鬥爭，既拉攏孟副省長爲他所用，也要適時的讓他知道他才是省長，讓他這個省長變得名副其實起來。

鄧子峰首先把目光放到了海川市的雲泰公路項目上。

雲泰公路項目是莫克跟呂紀提出來要上的項目，呂紀對此很支持。前段時間，鄧子峰忙於兩會和他自己代省長轉正的事，並沒有很注意。他覺得他可以利用一些上層關係幫忙爲海川市爭取一些資金。

另一方面，他出手幫忙，不但可以示好呂紀，還可以跟莫克建立良好的關係，雖然莫克不一定會因此投身於他的陣營，起碼彼此之間會相對友好。

還有一點，也是最重要的一點，去北京跑項目，就跳出了東海省的圈子，也就避免去跟孟副省長的本土勢力打交道，這似乎是一個更容易做出成績給人看的路子。

省人大會開完之後，鄧子峰就找到呂紀，說：「呂書記，我想去趟北京，省裏面有幾個項目需要跟部委做一下溝通，我去找找朋友，看看能不能儘快把項目給批下來。」

呂紀聽了，高興地說：「是啊，老鄧，政府的職責就是拉動東海的經濟成長，爭取項目早日批覆下來，確實是一個很有效的方式，你這個省長是應該多跑一跑的，我全力支持啊。」

鄧子峰說：「既然您支持，那我就去了。誒，我聽說前段時間莫克同志去北京爭取資金，結果沒有什麼進展，我這次去北京，您看是不需要我順便幫他做做工作啊？」

呂紀看了一眼鄧子峰，對鄧子峰突然提出要幫莫克爭取資金有些意外。鄧子峰這是想要做什麼？是想拉攏莫克嗎？

最近莫克似乎很搶手，成了香餑餑了。

前幾天在人大的分組討論會上，孟副省長很是表揚了莫克的發言，稱莫克的發言深刻，很有見地。

孟副省長對莫克的表揚傳到呂紀耳裏，呂紀感覺就有些怪異。

官場上的所謂的表揚和批評，都不會是僅僅因為你把事情做好了或者做錯了。領導賞識你，即使你做的事差強人意，也會受到高度的表揚；就算做壞了，領導也會說你事出有因，可以原諒的。反之，領導不賞識你的話，即使你把事情做的很完美，也可能遭受到批評，更別說把事情做壞了。

以前孟副省長常常拿莫克的表現來質疑呂紀的用人能力，現在孟副省長突然態度來了個一百八十度的轉變，變成稱讚莫克了，確實是有點反常。

現在鄧子峰也來關注莫克的事，呂紀就不得不在心中畫個問號了，鄧子峰真的只是順便要幫莫克的忙嗎？孟副省長對莫克的表揚，真的僅僅是向他示好嗎？

東海省政府的一二把手突然都對莫克這麼好是爲什麼？是不是莫克私下跟鄧子峰和孟副省長有過什麼接觸？如果莫克真的私下跟鄧子峰和孟副省長有過什麼接觸，那這個莫克就有點可惡了，他是想玩左右逢源的把戲。

官場上是最討厭那種在各個陣營中游走，各個陣營都想討好的騎牆派的，呂紀心中就有了根刺。

不過他也不好直接去替莫克拒絕鄧子峰，那樣顯得他有點不通人情，於是笑了笑說：「你幫他們做做工作不是不可以，不過這件事我已經跟發改委的一位領導說過了，那位領導說他會幫忙關心的，你看是不是先等一下，等那位領導做不到的時候，你再插手好不好？」

鄧子峰愣了一下，他不知道呂紀的話是真是假，不過呂紀這麼說就等於是婉拒了，說什麼發改委的領導做不到了再插手，省委書記的關係都做不到，他再去找關係就不合適了，難道說他比省委書記的能力還強嗎？

鄧子峰本來是想示好的，所以也就不想做這種僭越的事了，他笑笑說：「書記您找的關係怎麼會辦不成呢，是我不瞭解情況，多此一問了。那我就不插手，只去跑我原來要跑的項目好了。」

呂紀笑笑說：「我找的關係也不一定就能辦成，說不定到時候還得麻煩你的，那時你可別推辭啊。」

鄧子峰客套地說：「我怎麼會推辭呢？海川的經濟發展好了，對東海省發展也是有很大的貢獻的。」

雖然鄧子峰這趟北京之行本來是想爲了海川去跑的，但現在因爲呂紀的說法，海川落空了，可是鄧子峰已經把要去北京的話跟呂紀說了，他這趟北京之行就不得不去了。

去北京之後，鄧子峰並沒有去駐京辦找傅華，他把傅華約去了曉菲的四合院。

兩人相對而坐，傅華發現鄧子峰清減了很多，顯見他在東海過得並不輕鬆。

鄧子峰看傅華打量他，笑說：

「別看了，我瘦了不少，東海的局面比我想像的困難得多。你的日子也不好過吧？」

傅華看鄧子峰問起鄭老，知道是因爲鄭老得罪莫克的事，就笑笑說：「恢復了些，不過沒有病前的那種精神了。」

誒，鄭老的身體現在恢復了嗎？」

鄧子峰說：「人上了年紀是這樣的，病了需要很長時間才能恢復。莫克批評你，是有點過分，不過他也是爲了工作，你別太介意。」

傅華笑了笑說：「我介意什麼，我很清楚莫書記是爲了工作的。」

鄧子峰又說：「說起來，我這次來北京本來還想幫你們海川跑跑雲泰公路項目的，沒想到呂書記說他已經找了發改委的一位領導，想來雲泰公路項目獲批應該沒什麼問題的。」

傅華回說：「那就最好不過了。」

鄧子峰笑了笑說：「趕快解決了對你也好，省得莫克對你心中老是有根刺。哎，比起我來，你的問題是小問題了，我的麻煩才讓人頭疼呢。」

傅華聽了說：「那當然了，鄧叔您的工作可是比我的重要不知道多少倍呢。」

雖然傅華和曲煒是一條線上的，但是鄧子峰更相信傅華，而不相信曲煒，曲煒畢竟是受呂紀倚重的人，所以鄧子峰有些話可以跟傅華說，卻不能在曲煒面前說。

鄧子峰搖搖頭說：「不是重不重要的問題，而是我現在被難住了，不知道該怎麼辦。你在駐京辦，估計也聽說孟副省長被人舉報了吧？」

傅華點點頭說：「駐京辦這兒別的好處沒有，就是消息靈通，舉凡北京的還是地方上的消息，沒有不知道的。本來我還覺得孟副省長這次很難過關了，沒想到那麼早就結案，孟副省長有驚無險的輕鬆過關了。」

鄧子峰無奈地說：「不那麼早結案又能怎麼辦呢？再追下去，很可能就是一個很大的醜聞，那時候，倒楣的可就不只孟副省長一個人了，呂紀不會看不到這一點，所以一開始就沒準備大查。」

傅華卻說：「不是這樣吧，鄧叔，我聽說一開始追得很緊的，一直逼著裘新交代。」

鄧子峰笑了起來，說：「《官場現形記》你看過沒有？」

傅華點點頭，說：「我看過啊。」

鄧子峰說：「那你就該知道有一段欽差下去查案的情節吧？」

鄧子峰說的是《官場現形記》中的一段故事，說欽差奉旨辦案，挾天子之威，地方官不能不小心伺候。欽差禁止隨員出門會客，各官來拜也一概不見，又叫人打造新刑具，這個架勢顯示了權力系統的公事公辦原則。

但欽差只拉弓不放箭，一連兩日不見動靜；煞有介事的關防嚴密也是虛張聲勢，到了第三天，欽差給劉中丞送去了一份涉案官員的黑名單之後，行轅關防就忽然鬆了下來。原來欽差這趟出來辦案，目的並不在整飭吏治，而是想趁機敲詐地方官。擺出來的架勢完全是嚇唬地方官，好讓他們趕緊大出血來跟欽差勾兌的。

傅華明白鄧子峰舉這個例子，是向他說明紀委追著裘新不放，並不是真的想把事情調查清楚，而是敲山震虎，讓一些相關人士趕緊想辦法來勾兌的。

顯然呂紀這一次追著裘新不放，要震的老虎就是孟副省長了。

鄧子峰說：「這件事本來追得很緊，但是後來孟副省長去找了呂紀，事情就戛然而止了，雖然我不知道他們談了什麼，但顯然他們是達成了某種交易。他們兩個聯手起來，我這個省長可就被孤立起來了。」

傅華從鄧子峰的話中感受到他目前處境的艱難，估計他原來想要幫忙爭取雲泰公路項目資金是有討好呂紀的意思，只是這個馬屁沒拍上，反被呂紀拒絕了。

這表明了一個訊號，呂紀目前並不想跟鄧子峰結盟，要不然也不會拒絕鄧子峰的示好。現在孟副省長又和呂紀達成了默契，鄧子峰的工作自然就更難開展了。

傅華不禁擔憂起來，說：「那鄧叔您下一步想要怎麼辦啊？」

鄧子峰看了傅華一眼，說：「你說我該怎麼辦呢？」

傅華笑了起來，說：「鄧叔啊，您開我玩笑吧，這可是省長的工作，我能說什麼啊？我可沒這個水準。」

鄧子峰說：「傅華，你不需要這樣吧，我是把你當作一個忘年好友，今天見面又是在私人的場合，隨便聊聊而已，不用太過認真。」

傅華想了想說：「如果您真的要問我的意見，我的意見很簡單，就是一句話，尊重一個，打擊另一個。」

傅華的意思很明顯，尊重一個肯定是要尊重呂紀，而打擊一個，則是打擊孟副省長了。這跟鄧子峰的思路有點出入，鄧子峰不禁好奇地問：「說說看，爲什麼要尊重一個，打擊一個呢？」

傅華笑笑說：「尊重一個，不用我說，鄧叔肯定明白是為什麼，我就說為什麼要打擊另一個好了。現在您身上的代字已經去掉了，是東海省真正的省長，你只要尊重那一位，別人就無法撼動您的地位；但對另一個來說，並沒有真正的脫困，裘新和海川死去女人的事還在隱隱地威脅著他，這時候，他是不會跟您有什麼太強的對抗的，此時對您來說，正好可以借打擊他樹立您在省府的權威。這是一個大好時機，這時候您不動手，讓另一位恢復了元氣，再想來對付他可就難上加難了。」

按照傅華的說法，鄧子峰想到的就是另外一種局面了，如果真這樣去做，他就會佔據主動了。

他暗自埋怨自己當局者迷，只想孟副省長的勢力多麼強大，卻沒有想過孟副省長因為接連出事，正是實力最虛弱的時候。

傅華說得很對，此時不趁機出手，等將來他元氣恢復再來動手可就晚了。

鄧子峰高興地說：「傅華，你提醒我了，我本來還想繼續容忍他下去呢。」

傅華分析說：「鄧叔啊，他的實力雖然還在，但是有一部分是因為當初他可能成為東海省省長才聚攏在他身邊的，並不是鐵板一塊。現在您出任了東海省省長，他成為省長已經沒戲了，手下一部分實力必然會分化，而您是真正的東海省主政者，正是需要在東海省組建人馬的時候，東海政壇上必然會有一部分人轉移到您的麾下。敵消我長，正是該放手去做的時候，您就別顧慮那麼多了。」

鄧子峰點點頭說：「你分析的很有道理，那你覺得我應該如何入手呢？」

傅華獻計說：「我覺得應該打大的，拉小的，分化他的實力。下面這些官員都是人精，他們是很懂得看政治風向的，如果您能讓他們感受到您能主導東海省政府，我想很快就會有人主動靠過來了。」

鄧子峰心裏很清楚，官場上，什麼本土派、空降派，其實都沒用。官場上最認的就是實力派，你如果有實力，身邊自然就會有擁護者，就會成爲一派的主腦人物；反之，如果沒有實力，就算原本你擁有一個派系，也曾很快瓦解作鳥獸散的。

至此，鄧子峰已經被傅華的話打開了思路，他知道要如何來對付孟副省長了。同時，對於呂紀，他心中也有了想法。

鄧子峰已經看出來，這次他主動提出要幫海川運作雲泰公路項目資金的事，呂紀對此是有所忌憚的，呂紀婉拒他的幫忙，是不想讓他插手海川的事務。海川的市委書記和市長都是呂紀的人馬，海川被呂紀看作是自己的勢力範圍，當然不想讓鄧子峰染指。

但是呂紀越是不想讓他染指，鄧子峰就越是想這麼做。

政治角力有時候需要用一些逆向思維，並不是對手的人馬你就不能對他們好，鄧子峰覺得甚至要比對手對他們更好。就像傅華說的那樣，對手的人馬其實也不是鐵板一塊。你對對手的人馬好，對手就會認爲這個人心生反骨，必然會做出某些反應，這個反應往往就會把這個人推向自己這邊。

現在他還沒有一個明顯的勢力範圍，還沒建立起自己的人馬，確實很需要從呂紀和孟副省長手裏拉攏一批人出來，反正官場上從來就不缺因爲政治利益而轉換跑道的人。

其實鄧子峰覺得身邊最缺乏的是像傅華這樣信得過，而且能夠出謀劃策的人，他再次動起了傅華的腦筋，笑笑說：「傅華，你真的是智囊啊，你的分析一針見血，對應的措施準確到位，我現在身邊就是沒有你這樣的人才啊。」

傅華笑笑說：「鄧叔，你也知道我的意思了；再說，您身邊不是還有曲秘書長嗎？」

鄧子峰很誠懇地說：「我真的很需要你這樣的人，你是不是考慮一下來幫我啊？你那位老領導曲煒雖然也不錯，不過他畢竟是呂紀的人馬，我有些話不方便跟他說。而且呂紀經常還把曲煒叫過去省委，我想曲煒應該很快就會去省委做秘書長了。我看你現在在駐京辦做得並不愉快，是不是考慮來省政府，先在你的老領導手下過渡一下。等他離開省政府了，我會給你個適當的安排的。」

傅華搖搖頭說：「鄧叔啊，你別看我現在說得頭頭是道，也就是紙上談兵罷了，真要去了省政府，還不知道會是什麼樣子呢。其實我覺得我這樣子更好一點。現在我還能給您比較中肯的建議，原因是我在局外，我是以一種超脫的視野來看這些事。如果我也入局了，就會受到很多的利益牽絆，考慮問題就無法再這麼冷靜客觀了。實際上，您的政治智慧遠遠在我之上，有些事您早就能看出來的，而您沒看出來，原因只有一個，那就是您是局中人。」

鄧子峰笑了，說：「你別說這麼多理由了，反正你就是不想離開北京，不想離開駐京辦，好啦，我不勉強你就是了。」

傅華笑笑說：「謝謝鄧叔您理解我。」

鄧子峰嘆說：「我是不想理解你的，可是行嗎？誒，最近那個攔我車的女人有什麼新情況沒有？」

既然要著手打擊孟副省長，那褚音的事就是一個很好的著眼點了。

傅華搖了搖頭，有點遺憾的說：

「沒什麼消息，她的丈夫不同意她繼續追究這件事，她那次是好不容易從家裏跑出來的，我想她從北京回去後，可能就會被她丈夫給看管起來，再想出來，恐怕不是一件容易的事。要是上次能把她留下來就好了。」

鄧子峰聽了說：「這也是沒辦法的事，上次她來的時間點太不湊巧了，留她下來，不但解決不了問題，反而會引起孟副省長的警覺。不過，你也不要覺得她不會再來北京，那個女人的個性很強，絕不會就這麼甘休的，我想她一定會把事情搞個水落石出的。」

兩人的話題就談到這裏，吃完飯後就分手了。

鄧子峰又在北京待了三天，跑了幾個部委，敲定一些項目，然後回到東海。

回到東海，鄧子峰開始展現出跟他剛到東海時截然不同的作風了。

他首先在省長辦公會上談到了東海省各地區發展不均衡的問題，認爲東海省各地區之間的經濟發展相差很大，沿海地區像海川，經濟已經很發達了，再想在GDP上有大幅增長顯然是不現實的；而內陸城市經濟落後，還有很大的發展空間。東海省想要在經濟上獲得較快的增長，必須把視線從沿海城市轉向內陸不發達的城市。

鄧子峰這時特別點名東桓市和河西市這兩個屬於孟副省長勢力範圍的地級市，以半開玩笑半指責的口吻說：

「老孟啊，你不要因爲這兩個市你在那邊工作過，就不敢在政策上照顧他們，這是很不對的，沒人會說你偏向他們的，反而人們看到的是這兩個城市經濟發展落後，拖累了東海省經濟發展的後腿。」

鄧子峰這麼說，把孟副省長弄得不知道該怎麼回話。他並不是不想照顧這兩個城市，而是這兩個城市底子太薄弱了，一點點的政策傾向根本就沒什麼作用，而大的政策傾向，孟副省長又說了不算。

東海省從程遠主政開始，發展的主要目標就在沿海的那些城市身上，政策也是偏向沿海城市，沿海城市發展經濟本來就有大然的優勢，又有政策傾斜，經濟發展越發飛快，自然就與內陸城市的差距越拉越大了。

會議研究的結果，是決定東海省今後的發展重點要多放在東桓市、河西市這些內陸經濟不發達城市身上。鄧子峰要孟副省長儘快拿出措施，研究怎樣去實現扶持內陸城市經濟的發展。

鄧子峰要扶持東桓市和河西市這樣的內陸城市，對這個政策，孟副省長自然不能反對，這兩個城市是他的勢力範圍，如果他去反對的話，肯定會招來這兩個城市的怨恨。但是孟副省長心中對此是很不情願的，他覺得鄧子峰提出這個政策是在收買人心。尤其是在他的勢力範圍內收買人心，顯然是想挖他的牆角。

如果這個政策建議由他提出來，那就沒這個問題了，但如果他真的提出這樣的政策建議，鄧子峰肯定會馬上反對。

政治其實就是資源分配的遊戲，資源分配包含兩方面，人事資源和物質資源。誰能主宰這兩種資源的分配，誰就是政壇上真正的實力派。

人事資源的分配是掌握在省委手裏，而物質資源的分配權力則在省市政府這邊。鄧子峰之所以要提出這個方案來，並不是真心的要發展東桓市、河西市這些內陸城市的經濟，而是向這些城市的官員們公開宣示，他才是物質資源分配的決定者。

你想要在這些城市做出一番成績嗎？那就來找他吧，他會給你政策扶持的。而官員沒有人不想要政績，他們都想爬到更高的位置上去。只是，這些分配下去的資源可不是白給你的，投桃報李，你也要對鄧子峰有所回報，這個回報，就應該是一種效忠的表示了。

鄧子峰這個方案一提出，立即就得到東桓市、河西市等幾個內陸城市的一片叫好聲，這些內陸城市的主政者紛紛找到鄧子峰，跟鄧子峰彙報他們發展城市經濟的思路，請求鄧子峰對他們支持，從而獲得省政府的資金扶持。

鄧子峰在這些人身上成功得到了人心，看在孟副省長眼中，真是又氣又惱，卻是啞巴吃黃連，有苦說不出。

他給不了這些落後城市想要的政策支持，就無法阻擾這些官員們向鄧子峰靠近，孟副省長感嘆鄧子峰這一手做的真是高明。

但是讓他更氣惱的事是，鄧子峰並沒到此就罷手，鄧子峰一改剛來時跟他合作的姿態，開始有計劃地針對他。

這種針對是從一件看上去很小的小事上開始的。

當時是開省政府的常務會議，孟副省長在會議上做彙報，彙報資料中有一個資料他搞錯了，鄧子峰就抓住這個極小的錯誤，很嚴肅的提出批評。鄧子峰話說得很重，說孟副省長用這種態度對待工作是不行的。

孟副省長一開始還沒覺得鄧子峰是要向他發難，仗著老資格笑說：「省長啊，也就是弄錯一個資料而已，有必要這麼小題大做嗎？」

鄧子峰臉上卻一定笑意都沒有，嚴肅地看著孟副省長說：「老孟啊，你也是老同志了，怎麼這麼點認識都沒有呢？數據是小事嗎？你不知道有句話叫做差之毫釐，失之千里嗎？我們做領導的，對待工作就這麼不認真，你又怎麼去要求下面的同志認真工作呢，我希望你能認識到自己錯誤的嚴重性，不要再用這種態度來對待工作了。」

到這裏，孟副省長的臉色已經很難看了，但是鄧子峰卻沒有停下來，他把裘新的案子提了出來，說：

「老孟啊，你就沒從裘新那件案子上吸取教訓嗎？一個經濟不發達城市的常務副市長，不明來源的財產竟然高達千萬，不就是因爲你放鬆了對他的嚴格要求嗎？到現在你對工作還是這麼不認真，難道你想讓裘新的事件重演嗎？」

鄧子峰這話說得十分重，等於是在打孟副省長的臉皮，孟副省長臉上一陣紅一陣白，卻一句話都說不出來。

鄧子峰戳到了他的要害，裘新一案現在雖然進入檢控階段，沒有人會繼續追查這裏面是不是還有孟副省長的事。但這不代表事情就已經過去了，相反，它的影響還在餘波盪漾。看鄧子峰的架勢，他是想讓這件事繼續發酵下去。

從一個小小的資料錯誤竟能夠牽扯到裘新案的責任上去，孟副省長明知道鄧子峰是借題發揮，但是孟副省長卻是一句話都反駁不了。

裘新和國強置業之間的交易是發生在他任東桓市市委書記時期，而他對裘新的升遷起過很關鍵的作用。如果說他對裘新案一點責任都沒有，那顯然是不可能的。

他也不能反駁，如果反駁，鄧子峰再把裘新案加以擴大化，要求繼續追查下去的話，那孟副省長將要面對的可能就不是眼前的這一點點尷尬了。

畢竟裘新一案還有很多疑點沒有解決，除了國強置業行賄的部分，查出來的一千多萬當中還有一大部分是說不清楚的，明眼人一看就知道這個案子結得有點倉促。鄧子峰也就是抓住這一點，清楚孟副省長不敢把事情鬧大，這才敢重話敲打孟副省長。

所以孟副省長雖然在那裏如坐針氈，卻不敢按照他以往的脾性，直接去頂撞鄧子峰，這一刻，他已經沒有當初準備要當上省長時的那種驕橫跋扈了，他低著頭，頹然的坐在那裏，像一個做錯事不知所措的孩子。

鄧子峰狠批孟副省長的事，在會議結束後，立馬就在東海政壇上傳開了，人們開始對鄧子峰這個新省長刮目相看。

原本人們看鄧子峰來東海後，只會一味的說好話，唱讚歌，以爲他是一個軟弱圓滑的人。誰知道這傢伙硬起來不得了，竟然連孟副省長這種強硬派都敢收拾，而且孟副省長還一句話都不敢反駁，這可是省委書記呂紀都沒做過的事，充分說明了這個鄧子峰是實力強硬的人物。

就像傅華所說的那樣，下面的官員都是些人精，政治嗅覺都很靈敏，鄧子峰接連所做的動作雖然不大，但是引起的作用卻是震撼性的，有四兩撥千斤之妙，不但輕而易舉的就把省政府的主導權牢牢地抓到手裏，還讓人感覺到鄧子峰政治智慧是很高超的。

形勢頓時來了個大逆轉，下面的官員們領略到鄧子峰的實力，開始主動向鄧子峰靠近，他們現在彙報工作的對象是鄧子峰，而非孟副省長了。

鄧子峰看到這一切，心中忽然覺得很好笑，原來他以爲強大的對手竟是這麼的不堪一擊啊，這個孟副省長還真是個紙老虎啊。

雖然鄧子峰心裏也清楚，孟副省長肯定不會甘心就這麼雌伏的，以後說不定還會暗地裏興風作浪跟他作對，但是鄧子峰對此並不畏懼，他現在已經掌控了整個局面，佔據主動，即使孟副省長真的有什麼動作，相信他也可以應付自如。

北京，駐京辦，傅華辦公室。

傅華看到坐在他對面的丁益和伍權兩個人明顯比他上次見到時瘦了一圈，就說：「舊城改造項目不好做吧？」

丁益大嘆說：「豈止是不好做，簡直就是個大難題，傅哥，你不知道，這裏面涉及的問題太多了，千頭萬緒，你剛把這一頭安撫下來，那一頭又冒了出來，搞得我和伍權兩個人都是一個頭兩個大，早知道這樣子的話，還不如當初就把項目給束濤做了算了。」

傅華說：「你別得了便宜還賣乖了，你們爲了得到這個項目可謂是機關算盡，什麼樣的花招都使出來了，害得金達市長都跟你們受了連累。」

伍權詫異地說：「金達市長也被我們連累了？真的假的？」

傅華說：「什麼真的假的，我會騙你們嗎？那些花招看上去很巧妙，實際上，明眼人一看就知道是怎麼一回事了。金市長以前就是支持你們的，很多人自然認爲這次金市長也參與其中。爲此郭奎書記還批評了他，說他不該參與這些項目的爭奪。金市長也讓我跟你們說，不要再玩這種把戲了。我這段時間比較忙，也就沒跟你們說這件事。」

丁益聽了說：「原來金市長也跟著我們受了連累啊，改天真要跟他說聲抱歉了。」

傅華說：「說抱歉就不用了，只要你們把舊城改造項目給做好，就比什麼都強了。這個項目可是在金市長的主持下給你們的，如果出了什麼問題，恐怕第一個受連累的就是金市長了。」

伍權笑笑說：「傅哥，這我們知道了，所以我和丁益才會這麼盡心盡力。你也看到了，我們爲了這個都累瘦了。」

傅華笑說：「那你們不在家裏繼續看著項目，跑北京來幹嘛？」

丁益嘻皮笑臉地說：「我們當初可是答應你，拿到舊城改造項目就請你吃頓好的，這不我們是來兌現承諾了。」

傅華笑著罵說：「你就瞎扯淡吧，請我吃頓飯就這麼重要嗎？」

伍權也笑了，說：「當然重要了，沒你傅哥，我們怎麼能拿到這個項目啊。」

傅華說：「騙鬼去吧，你們能拿到這個項目，是林董幫了你們大忙，跟我沒什麼關係的。」

丁益說：「也不能這麼說，當初不是你告訴我孫副市長的話，我們大概早就放棄了。是你告訴我們那句話，讓我們覺得還有機會贏，我們這才參與競標的。」

傅華笑說：「那你們應該感謝的是孫副市長，而不是我。根本就沒必要專程跑來北京請這次客的。」

伍權這才說：「其實我們來北京是要見一個朋友，尋求一些資金上的支持。」

丁益在一旁說：「是啊，我們發現舊城改造項目有點龐大，我們兩家公司的資金聯合起來恐怕也難以支持，就想找點外援。」

傅華說：「如果是找林董的話，這次恐怕你們就要失望了。」

傅華知道中天集團參與了海川重機重組，手頭並沒有多少可調用的資金。

丁益笑說：「傅哥，你搞錯了，我們這次來北京見的不是林董，而是一位香港的朋友。」

傅華十分詫異地說：「香港的朋友？丁益，你們真行啊，竟然可以找到香港的朋友來投資?!」

伍權笑說：「傅哥，你可別忘了，我們山祥礦業當初可是你幫忙在香港上市的，作為香港的上市公司，我們當然會有香港的朋友啊。」

傅華說：「你別往我臉上貼金了，這是你父親做的，你們山祥礦業在香港上市可全是你父親的功勞。」

說起伍權的父親伍弈，傅華忽然有些傷感，眼前又浮現出當初他和伍弈跑去香港，為了山祥礦業上市奔走的一幕幕，伍弈好像就在他面前，但是物是人非，伍弈已經死了好些年頭了。

傅華不禁說道：「伍權，我還記得我跟你父親去香港的那些事，可惜你父親已經不在了，想起來真是遺憾啊。」

伍權也感傷地說：「是啊，我現在還常常想起我父親來。」

傅華回憶說：「你父親是個外粗內細的人，很有戰略眼光，沒有他，就沒有今天的山祥礦業，這點我是很佩服他的。哎，今天我是怎麼了，竟然在你們面前說起這麼傷感的話題。」

伍權笑笑說：「是啊，這個話題是有點沉重。誒，傅哥，我們這次要見的人恐怕你也認識。」

傅華愣了一下，伍權說這個香港朋友他認識，那就很可能是德記證券的董事長江宇了。他眼前浮現出一個五十多歲，頭髮微捲，戴一副黑框眼鏡，很平常，甚至略有猥瑣之感，很像開放初期回國投資的港客形象。這就是他當初見到的江宇的樣子。

這個江宇雖然形象不佳，但在傅華的印象中是很睿智的，特別是他在賭場上那種能夠及時收手的冷靜，當時江宇說，在賭場裏，不知道什麼時間該離開，是賭客最大的弱點，你看賭場裏通宵燈火通明，亮如白晝，就是不想給賭客時間感。每次我進賭場，都會給自己預設目標，贏到或者輸到多少，我就會逼自己收手。

這句話至今傅華想起來，仍然覺得充滿哲理，如果江宇來北京，他還真是很想見見他。

傅華笑笑說：「你們約的是德記證券的江宇董事長吧，這個人我倒很想見一見。你們什麼時候見面啊，可不可以帶我一起去啊？」

伍權說：「傅哥，你搞錯了，我說的不是江宇董事長，而是呂鑫。」

呂鑫？傅華愣了一下。

他想了一下，還是沒想起來這個呂鑫是誰，便說：

「我不認識什麼叫呂鑫的香港人啊？」

伍權笑說：「傅哥是忘記了，你跟呂鑫見過面，天皇星號遊輪你還記得吧？」

這個傅華倒記得，天皇星號遊輪就是當初他伍弈和江宇上去的那條賭船的名字，他也就是在這條賭船上聽到江宇賭博的高論的。

傅華說：「天皇星號我還記得，是一條很豪華的賭船。」

伍權說：「那天皇星號的船東名字你就應該記得啊。」

傅華的記憶被打開了，他想起來了，

當時江宇贏了錢及時收手，他、江宇、伍弈三個人曾經到賭船的甲板上吹風，正在他們聊天的時候，有一個四十多歲的男人也上了甲板，當時江宇介紹那個男人，說是船東，名叫呂鑫。

雖然名字記起來了，但是腦海裏呂鑫的形象卻很模糊，他只記得好像是個四十多歲的中年男人。不過他知道呂鑫跟伍弈之間是什麼關係，伍弈是通過呂鑫的賭船把一部分錢轉到香港，好用於當時山祥礦業股票上市和炒作的。

傅華恍然大悟說：「我想起這個人來了，對，天皇星號的船東是叫呂鑫，你們不會是想讓他參與投資吧？他不是做賭船的嗎？怎們會對海川的舊城改造項目感興趣了呢？」

伍權說：「賭船還在經營，不過呂先生現在開始產業多元化了，他在大陸已經有不少的投資，也做了不少慈善事業，算是個慈善家了。」

傅華笑說：「就算是做再多的慈善，也改變不了他是賭船船東的這個身分。」

丁益聽了說：「傅哥，你這就是對呂先生有偏見了，賭船也只是一種賺錢的方式罷了。再說呂先生的經營方式又不違法，你不應該對他有什麼看法的。」

伍權也附和說：「是啊，國家對這一塊也不反對啊，澳門賭王何鴻燊還是全國政協的常委呢。」

傅華笑說：「行了，我不跟你們爭，你們打算怎麼跟他合作啊？」

丁益笑笑說：「現在怎麼個合作方式還沒開始談，只是伍權跟呂先生聊起過我們拿到海川舊城改造項目，他對此很感興趣，正好這次他來北京拜訪一位政府高層，就約了我們來這裏見面。誒，傅哥，到時候一起去吧。」

伍權也說：「是啊，傅哥，這個呂先生是個神通廣大的人物，在政府高層裏也有很多朋友，認識他，對你開展工作也很有好處的。」

傅華對呂鑫並無惡感，但是因爲呂鑫是經營賭博行業，賭博行業魚龍混雜，什麼樣的人都有，他本能的覺得跟這種人還是少接觸爲妙，於是笑笑說：「還是算了吧，我跟他並不熟，又沒什麼事需要跟他打交道，還是不見的好。」

伍權忍不住說：「傅哥，你這個人什麼都好，就是有些時候放不開，其實也就是跟個朋友見見面罷了。人家呂先生也不是什麼壞人，我聽說他好像還是嶺南省歸僑協會的會長呢，官方都認可的，你還介意什麼啊？」

傅華詫異地說：「他是嶺南人？」

如果呂鑫是嶺南省歸僑協會的會長，那鄧子峰跟他就應該認識，鄧子峰來東海之前，可是嶺南省省委的副書記，兩人一定有所交集。

伍權說：「對啊，呂先生是嶺南省人，年幼時跟著父母去香港，後來從底層一步步打拼起來的。」

傅華不禁笑說：「伍權，你對他的歷史很瞭解啊。」

伍權笑了，說：「這些我是聽父親講的。其實傅哥你顧慮的也是對的，這個呂鑫的出身並不清白，不過，這社會有幾個出身是清白的啊，我父親創業的時候，不也是有過一段打打殺殺的時期嗎？這個呂鑫家裏很窮，據他跟我父親說，當時家裏是吃了上頓沒下頓的，更別說什麼上學接受教育了。他十幾歲的時候就開始出來闖社會，當時覺得做小弟可以跟著大哥四處威風，還能吃香喝辣的，多好啊。後來才知道不是那麼回事，他也是經歷過起起伏伏，浴血打拼，才有了今天的局面。」

傅華笑笑說：「好啦，你不用說他的威風史了，我對這些不感興趣。說吧，你們準備在什麼地方請我吃飯啊？又準備請我吃什麼好吃的？」

丁益很有誠意地說：「傅哥，我和伍權商量過了，北京你比我們倆熟悉，你隨便點地方，我們買單就是了。」

傅華想了想說：「要我點還真是有些爲難。其實我每天出入的都是這些場所，真的想不出有什麼地方特別想要去吃。」

伍權認同地說：「我跟丁益也是，天天在酒店吃，舌頭吃得都沒有感覺了。這樣吧，傅哥，你點一家高檔的酒店，我們去吃一下，算是跟你兌現承諾了。」

傅華想了想，這倆傢伙請客，去那種講吃不講份的地方，他們肯定不會高興，也便宜他們了，反正北京高級的飯店就那麼幾家，隨便撿一家算了，就笑笑說：「那就去柏悅的主席台吧。」

丁益說：「行啊，只要你能說出地方就可以。今晚我們就去吧。」

第八章

洗錢管道

方晶的資產是林鈞受賄得來的，這筆錢林鈞一定會想辦法把錢給洗出去，
反過來，方晶回到國內來辦企業，又需要將錢從國外洗回來。
這一來一回肯定有一個洗錢管道，眼前的呂鑫不就是一條很好的管道嗎？

晚上，傅華和丁益、伍權就一起去了柏悅，主席台在柏悅的五樓，有專門的電梯直達私人包間，既保持了客人的私密性，又顯得霸氣十足。傅華來這裏吃過飯，知道這裏的風味很不錯。

主席台主打的是粵菜，粵菜是很講究精細鮮美的。首先上來的是龍蝦湯。湯極爲濃郁芬芳，每一口都像第一口入喉，純得像不摻水的伏特加。

再上來的是粵菜的招牌菜——脆皮叉燒。叉燒量很少，只有薄薄幾小塊。就在這薄薄的小塊中，竟然也有許多層次。外皮酥脆，輕輕一咬，感覺像是一顆幸福的炸彈在口裏爆炸。

接下來的重頭戲終於登場——紅燒肉鮑魚煲仔松茸飯。那些昂貴的主料都淪爲次要，最醒目的主角，其實是煲透的米飯。松茸的汁液已經完全煲透在米飯中，這樣一碗飯，吃得讓人心滿意足。

最後的一道是西瓜凍官燕。水果兼甜品，外在是四球西瓜，蘊藏其下的官燕細膩晶瑩，吃完讓人回味無窮。

吃到最後，丁益讚不絕口地說：「傅哥，你不愧是吃家，這裏的菜確實很好。誒，時間還早，我們等下去哪裡啊？找個地方玩一下吧？」

傅華說：「你們自己找地方玩吧，我可要回家了，你嫂子現在大著肚子呢。」

丁益叫說：「不是吧，傅哥，出來放鬆一下吧。」

傅華說：「不行，我還是早點回家吧，你嫂子因爲懷孕，情緒很不穩定，回去晚了我會挨罵的。」

丁益沒辦法，只好說：「行，你還是做你的模範老公去吧，我和伍權去玩。」

說話間，伍權的電話響了，看看號碼，居然是呂鑫打來的，趕忙接通說：「呂先生，什麼事啊？」

呂鑫說：「你們到北京了嗎？」

伍權回說：「今天到的，現在在柏悅的主席台吃飯呢。」

呂鑫笑說：「老弟，在主席台吃飯也不叫上我，不夠意思啊。」

伍權說：「我們在請一個朋友吃飯呢，呂先生還沒吃飯嗎？」

呂鑫說：「已經吃了，正想找個地方玩一下，既然你們已經到北京了，那大家湊在一起熱鬧一下吧？」

伍權說：「那巧了，我們剛吃完飯，也正商量著去哪裡玩呢，您說去那裡吧？」

呂鑫說：「我是鼎福俱樂部的會員，要不，我們在那裏碰面？」

伍權聽了說：「行啊，我們一會兒在那裏碰面吧。」

呂鑫就掛了電話。

伍權看看傅華，說：「傅哥，鼎福俱樂部在哪裡啊？」

傅華說：「這我知道，這樣吧，我把你們送到那裡我就回家，可以嗎？」

伍權說：「行啊。」

傅華就開車將伍權和丁益送到鼎福俱樂部的門口，他的車剛停下來，一輛豪華轎車也開了過來，從車裏下來一位四十多歲的男人，個子不高，有點消瘦。

看到正準備下車的伍權，男人笑了笑說：「這麼巧，我們算是同時到達了。」

傅華猜到這個男人應該就是呂鑫了。

果然，伍權笑著說：「是很巧啊，呂先生。」

呂鑫往車裏看了看，看到傅華，有點意外的說：「誒，這不是傅先生嗎？我們可是好多年沒見到面了。」

傅華不得不佩服呂鑫的眼力，當時只是匆忙的一面，他竟然記住了他，傅華自己卻沒這麼好的記憶力。

這時，傅華便不好不打招呼了，他下了車，跟呂鑫握了握手，說：「呂先生竟然還記得我，真是令人驚訝啊。」

呂鑫笑笑說：「這有什麼好驚訝的，我可是過目不忘的。傅先生，你怎麼也在北京啊？」

伍權說：「傅哥是我們海川駐京辦的主任，他就在北京工作。」

呂鑫聽了說：「原來如此。」

伍權又介紹丁益跟呂鑫認識，兩人握了手，互相問好。

傅華看大家寒暄完了，就對呂鑫說：「呂先生，不好意思，我還有事，就不陪您了，先走一步啦。」

呂鑫忙說：「別啊，傅先生，大家好不容易老朋友見面，正要敘敘舊呢，你怎麼就要走了呢？上去聊一會兒再走吧。」

這時，方晶從鼎福俱樂部裏面迎了出來，對呂鑫說：「呂先生，您到北京也不跟我說一下，真是不夠意思啊。」

呂鑫笑笑說：「老闆娘，我這不是主動來報到了嗎？」

傅華沒想到方晶竟然跟呂鑫認識，而且聽口氣，兩人還很熟呢，這倒是很令人意外的一件事。

方晶這時也看到了傅華，抱怨說：「傅華啊，你這是幹嘛，來我這兒怎麼連門都不進了，對我有意見啦？」

呂鑫說：「老闆娘，原來你們認識啊，這更好辦了，這位傅先生也是我的舊識，我正想請他上去聊一下，那就麻煩你幫我留客了。」

方晶走到傅華身邊，伸手就想去拖傅華，嘴裏說：「你是不是想我拉你上去啊？」

傅華不想在丁益這些人面前跟方晶拉拉扯扯的，看看時間尚早，還可以在這裏耽擱一下，就說：「好啦，我上去就是了。」

眾人就一起進了鼎福俱樂部，呂鑫是這裏的會員，有他的包廂，眾人就在他的包廂坐了下來。

呂鑫問傅華：「傅先生，你什麼時候在北京做海川市的駐京辦主任的啊？」

傅華說：「呂先生，我們當初見面的時候，我就已經是駐京辦主任了。只是限於環境，不方便跟您介紹我的身分。」

呂鑫笑了，說：「原來是這樣啊，你們這些官員也是，總是忌諱這忌諱那的。」

傅華笑笑說：「人在仕途，身不由己啊。」

呂鑫說：「這倒也是，誒，說起你們東海省，你們的省長鄧子峰是從嶺南省過去的，我跟這個人打過交道，是一位很不錯的領導人啊。」

呂鑫果然認識鄧子峰，只是傅華不知道他提出這個是想幹什麼，想要自己拜託他跟鄧子峰打招呼嗎？還是僅僅是一個聊天話題而已？

應該只是呂鑫沒話找話說的一個話題吧，傅華覺得以鄧子峰的行事風格，跟呂鑫應該只是認識而已，不會有什麼深交的。

傅華便說：「是啊，鄧省長確實是很不錯的一個領導人。誒，呂先生，您這次是準備去海川投資嗎？」

呂鑫笑了笑說：「現在還不好說，只是伍老弟跟我說了那個項目，我有點興趣，至於怎麼個合作方式，我們還沒有談。如果我真要去那裏投資的話，傅先生可要多關照啊。」

傅華笑了，說：「呂先生客氣了，您省長都認識，怎麼還需要我關照呢？」

呂鑫笑說：「現官不如現管啊。來，別扯這些了，我們喝酒。」

呂鑫就開了一瓶人頭馬XO，給大家都倒上酒，然後端起酒杯，對傅華說：「傅先生，我們算是久別重逢，喝一杯吧？」

傅華跟呂鑫碰了碰杯，把杯中酒喝乾了。

喝完，呂鑫又去跟伍權和丁益碰了碰杯，也喝了一杯。三人湊在一起，開始談起項目的事。

傅華便看了看方晶，說：「你怎麼認識呂先生的？」

方晶回說：「朋友介紹過來的，他想加入鼎福俱樂部，就這麼認識了。」

傅華覺得方晶的話有些含糊，俱樂部對他們的會員身分不會不審查的，方晶肯定知道呂鑫的賭船船東身分。俱樂部讓這樣一個人加入是很有問題的，除非他們有別的什麼往來。

傅華忽然想到方晶的資產來路，心中就大約猜到了方晶和呂鑫究竟是怎麼一回事了。方晶的資產是林鈞受賄得來的，這筆錢林鈞一定會想辦法把錢給洗出去，反過來，方晶回到國內來辦企業，又需要將錢從國外洗回來。這一來一回肯定有一個洗錢管道，眼前的呂鑫不就是一條很好的管道嗎？

想到這裏，傅華明白爲什麼方晶的話說得那麼含糊了，便笑了笑說：「原來是這樣子啊。」

方晶點點頭說：「對啊，就是這個樣子的。誒，你留在這裏，不需要跟家裏那位打個電話嗎？」

傅華說：「沒事的，偶爾晚回去一點，她是不會說什麼的。你最近過得還好吧？」

方晶苦笑了一下，說：「還好什麼啊，真是上火了，也不知道是什麼原因，最近湯言老是一副很嚴肅的樣子，似乎是在海川重機股票操作方面遇到了什麼難題，問他怎麼回事，他又不肯跟我說實話，老是說讓我放心，不會有問題。我的錢可都投入在這裏面了，萬一有個閃失可就慘了，我能放心得下嗎？」

傅華很清楚是怎麼一回事，肯定是湯言的那些仇家們開始下手狙擊湯言了，可是湯言警告過他，不准把情況跟方晶說，他也就不好說什麼了，只好安慰方晶說：「你放心好了，湯言在股市上是一把好手，應該沒什麼問題的。」

方晶搖搖頭，不以爲然地說：「千里馬也有失蹄的時候，我總覺得可能出了什麼問題了，你知道，湯言那個人一向對什麼事都是滿不在乎的，很少這麼嚴肅。傅華，說起來，你也算是海川重機重組的參與者，你知不知道這裏面是不是出了什麼問題了？」

傅華躲開了方晶看他的眼神，說：「我並不參與什麼實際操作，有沒有事我也不清楚，不過你別太緊張了，應該不會有事的。」

方晶不放心地說：「希望沒事了。傅華，這個對我很重要，雖然你沒有參與實際操作，不過，海川那邊有什麼事也會通過你跟湯言溝通的，如果真的出現什麼問題，你可要第一時間通知我，好嗎？」

傅華心說問題已經有了，只是就算你知道了也沒什麼辦法的，不過徒增煩惱罷了，我還是不跟你說的好，便說：「好，如果我知道出了問題，一定會通知你的。」

這時，呂鑫跟丁益和伍權的談話告一個段落，他看了看傅華，說：「傅先生，你知道德州撲克嗎？」

德州撲克是發源於德州的一種撲克玩法，有點類似於梭哈的玩法，不過規則更加複雜一些。一張臺面上少則兩人，多則可以容納廿二人，一般是由二到十人參加。

德州撲克一共有五十二張牌，沒有王牌。每個玩家分兩張牌作爲底牌，五張由荷官陸續朝上發出的公共牌。在牌局開始的時候，每個玩家都會發得兩張面朝下的底牌。

在經過所有的押注圈以後，若仍不能分出勝負，遊戲則會進入攤牌階段，也就是讓剩下的玩家亮出各自的底牌以較高下，持大牌者獲勝。

德州撲克由於技巧性強，易學難精，被稱爲撲克遊戲中的凱迪拉克。喜歡德州撲克的玩家很多，甚至還有專門的國際性比賽，國內最近也流行起這種遊戲，這是一種很考驗智力的遊戲，要玩得好的話，需要計算很多的東西。

傅華笑說：「知道是知道，但我只是在網路上玩過，從來沒真正在牌桌上玩過。」

呂鑫聽了說：「那就是會玩了，來玩幾局吧。」

傅華說：「還是不要了吧，我沒玩過真正的德州撲克。」

呂鑫笑笑說：「懂得規則就行了，反正大家一起熱鬧一下而已嘛。」

丁益和伍權也勸說傅華跟著一起玩，伍權更是說：「傅哥，放心玩就好了，輸了算我的。」

傅華還是婉拒了，呂鑫便說：「傅先生，你這就有點假了吧？我可知道當年在賭船上你也是賭過的。現在時間還早，大家玩幾把熱鬧一下，這遊戲人少了就沒什麼意思了，你不會這麼掃興吧？」

呂鑫都這麼說了，傅華只好說：「看來我不玩就有點不知趣了，我就跟著湊湊熱鬧吧。不過，我不能待得太晚，玩幾把之後，你們就放我回去，好嗎？」

方晶笑說：「行了，我們都知道你是老婆奴，不會拖著你不放的。」

於是大家就開始玩起來。

呂鑫不愧是做賭船生意的，來北京也是不改本色，包廂裏竟然有一張玩撲克的臺子。五個人就在臺子旁坐了下來。

大概是呂鑫經常在這裏玩撲克，包廂的服務員居然也懂得德州撲克，她拿出牌，開始發牌，做起了荷官。

一開始幾把，傅華拿到的兩張底牌，牌面都不是很大，是些爛牌。傅華本來也就是跟著玩玩的，看牌面不大，直接就棄牌了。

幾局下來，傅華都是棄牌，不跟著玩，方晶就說：「傅華，你這樣子玩可就沒意思了，你是怕輸錢嗎？」

傅華笑說：「我不是怕輸錢，而是我手頭的牌不大，沒什麼玩的價值。」

呂鑫說：「傅先生太謹慎了些，我們就是玩玩，輸贏並不大，你就放開一點吧。」

傅華笑笑說：「真的是牌面不大，沒有跟的價值。呂先生放心好了，如果牌面值得玩，我會跟著玩的。」

傅華剛說完，下一輪開始，荷官發給他的底牌就是一對K，這算是行家所說的大牌了，傅華看看時間不早了，就想跟著玩這一把，算是對呂鑫、方晶有個交代，然後就撤退。

傅華就跟著下了注，似乎是他的運氣來了，臺面上的三張公共牌發下來，裏面居然也有一張K，這已經保證了他手裏有三張點數一樣的牌了，湊成四條（四張點數一樣的牌）或者葫蘆（三張點數一樣的牌加上一對）的可能性很大，他沒有不跟的理由。

伍權在這時棄了牌，桌面上就剩下方晶、丁益和呂鑫了。

荷官銷掉了一張牌，然後發下了轉牌（第四張公共牌），臺面上出現了一對J，加上這對J，傅華就已經是葫蘆了。

除了四條和同花順，葫蘆算是最大的牌了，傅華有八成的把握可以贏這一局。因此在呂鑫下注之後，他也跟注了。

局面有點緊張了，方晶和丁益覺得不值得跟注，就棄牌了。

呂鑫笑笑說：「傅先生，現在只剩下我們兩個人啦，我看你似乎急著離開，這一把就全下了吧。」

呂鑫說著，就把面前的籌碼全部推了出來。

傅華看了呂鑫一眼，呂鑫的表情很平靜，一點看不出緊張來，傅華無法看出呂鑫是否在使詐。傅華想了一下，覺得自己的贏面很大，就也把面前的籌碼推了出去。

呂鑫說：「我是順子（點數一樣的牌，但不是相同的花色），不知道你是什麼牌呢？」

傅華看了看呂鑫翻開的底牌，他的底牌Q、十跟臺面上的四張公共牌K、J、J、九正好可以組出K、Q、J、十、九的順子，其中Q、J、十、九都是紅桃，只有那張K是方塊，這牌面也不小了，可惜紅桃K在傅華手裏，他就無法組成同花順，也就是說，他比傅華的葫蘆小。

傅華便笑說：「呂先生，對不起啊，我是葫蘆，正好比你的大那麼一點點。」

傅華說著，翻開了底牌的一對K，他組出了三條K和一對J的葫蘆，眼下看來，他牌面上是贏過呂鑫的。呂鑫要想贏他，目前只有一個機會，那就是河牌（第五張公共牌）是紅桃八。但這種機會目前來看似乎微乎其微，在機率上講，傅華應該已經是贏了。

呂鑫卻不慌張，說：「別急，河牌還沒發，現在還很難說誰輸誰贏呢！」

荷官又銷掉了一張牌，然後發出河牌，居然就是一張紅桃八！

雖然說傅華並不太在乎賭局的輸贏，但還是有點傻眼，這種瞬間從贏到輸的落差，讓他的心有點失落，他沒想到自己占那麼大的優勢情況下竟然還輸掉了。

呂鑫淡然一笑，說：「傅先生，看來你的運氣還是差了那麼一點點。」

這就是德州撲克吸引人的地方，即使你拿到了很好的牌，但是不到最後河牌發出來的時候，仍然很難說就是穩贏。

玩德州撲克也要有一點運氣，就是因為這一點點的運氣，傅華輸掉了一場幾乎是穩贏的賭局。到此為止，他已經輸光了全部的籌碼，出局了。

傅華笑說：「看來我真是該走了，你們玩，我先撤啦。」

方晶知道對任何人來說，輸光籌碼都不是件好受的事，就關心的問道：「傅華，你沒事吧？」

傅華搖搖頭說：「我能有什麼事啊？只是今天運氣差了一點而已。行了，我趕緊撤吧，別耽擱你們玩了。」

傅華就離開了鼎福俱樂部，開車回家。

一路上，他心裏都有些彆扭，輸贏倒無所謂，他也不是心疼本來應該能夠贏的那些錢，只是在幾乎穩贏的狀況下他卻輸掉了，運氣有點太差了吧。

這些年來，傅華在北京經歷過很多事，也有很多無奈的時候，他心中對命運這種東西從排斥慢慢變得越來越相信，今晚意外的輸給呂鑫，讓他覺得自己的運勢開始走低，再聯想到莫克那麼對待他，看來這段時間他真的要注意一下，千萬別再去觸到什麼霉頭了。

但是越怕什麼，就越來什麼，偏偏這時候莫克又來北京了。

莫克是為了雲泰公路項目來跟發改委的領導彙報的。他這次來得很匆忙，行程是臨時決定的。那位領導原本是要他等兩會開完之後再來，但是突然有了些變化，那位領導通知呂紀讓莫克立即進京，說他現在就想聽彙報。

傅華在機場接了莫克，偷看著莫克的臉色，莫克的表情很平常，弄得傅華越發的捉摸不透，心說：這傢伙究竟葫蘆裏賣的是什麼藥啊？

一直到安排莫克在海川大廈住下來，傅華看莫克沒有什麼異常的地方，這才離開，回辦公室。

在辦公室坐了一會兒，伍權和丁益來了。

傅華對伍權歉意的說：「不好意思啊，昨晚害你輸了不少錢。」

伍權笑了笑說：「傅哥，昨晚玩得並不大，那點小錢我還輸得起。」

傅華說：「害你輸錢總是不好意思，誒，你們跟呂鑫談好合作方式了嗎？」

丁益說：「沒有，呂鑫把資料拿走了，說要拿回香港研究一下再答覆我們。」

傅華詫異地說：「想不到呂鑫做事還這麼謹慎啊。」

伍權笑說：「你因爲他是那種出身，做事就不謹慎了嗎？其實正好相反，他出道時就是做刀口舔血的事，如果不謹慎，恐怕早就橫屍街頭了。」

傅華點點頭，說：「你這話說的有道理，他能發展到今天這種局面，肚子裏沒點道行是不行的。」

丁益笑笑說：「是啊，傅哥，我看呂鑫這個人是有眼光的。你知道嗎，他很欣賞你，昨天你離開俱樂部之後，他還稱讚你，說你在輸贏瞬間轉換的時刻，居然還能淡然處之，是一個很有度量的人，頗具大將之風啊。」

傅華笑說：「沒想到他這麼看得起我。」

丁益說：「誒，傅哥，我聽駐京辦的人說莫克來了，他沒怎麼爲難你吧？」

丁益也知道傅華得罪了莫克，因此才有這一問。

傅華笑說：「別瞎說，你以爲我們的市委書記就那麼沒水準啊，隨便就爲難人嗎？」

丁益因爲莫克支持束濤爭奪過舊城改造項目，對莫克的印象很差，便冷笑一聲說：「他是有水準的人嗎？我看他到海川後的所作所爲可不像。一個市委書記處處找下屬的麻煩整人，算是什麼東西啊？」

傅華趕緊制止他說：「別瞎說，隔牆有耳，這話要是傳出去，有麻煩的可是我。行了，別說這些啦，你們倆要在北京待到什麼時候啊？找個時間我請你們吃飯吧？」

伍權說：「呂鑫今天已經帶著資料回香港了，我們留在這裏也沒什麼事，我們想明天就回去。莫克來了，我想傅哥這兩天應該沒時間能跟我們吃飯了，就別麻煩啦。」

傅華笑笑說：「還真是被你說中了，這兩天我必須陪在莫克身邊，恐怕還真是難抽出時間來。下次你們來北京，我再專門奉陪吧。」

第二天一早，丁益和伍權就去首都機場，趕搭早班飛機回海川，傅華就跟著莫克去了發改委，接見莫克的是發改委的一位副主任。

也不知道是炫耀還是別的，莫克特別指示要傅華跟他一起進去發改委給領導彙報。

莫克是做政策研究出身的，做起彙報來頭頭是道，那位發改委副主任聽得很滿意，就把請批資金的報告留了下來，說是會儘快研究批覆。莫克立時興奮得臉都紅了，連聲感謝那位發改委領導。

傅華注意到莫克在說話的時候，眼睛還特意瞄了他一下，眼神中明顯包含著幾分示威的意思。傅華明白莫克在想什麼，他一定是在想：你看吧，你不幫我引薦鄭老又怎麼樣？我還不是照樣見到了發改委的領導，項目不還是能夠批得下來？

傅華有些無奈，他也不想這樣，傅華低下頭，做出一副慚愧的樣子，心想：也許這樣莫克心裏會好受些吧。

下午，方晶剛到鼎福俱樂部，就看到等在辦公室的莫克，不由得愣了一下，說：「老領導，什麼時候來北京了，怎麼事先也不說一聲？」

莫克笑笑說：「昨天到的，臨時被發改委領導通知要我來一趟，要我彙報雲泰公路的情況，你知道的，就是上次我來跑的那個項目。上午去見發改委的領導，吃完飯就過來看你了。」

方晶給莫克倒了茶，說：「看你滿面紅光的樣子，事情肯定辦得很順利吧？」

莫克點點頭說：「是啊，這次是我們東海省的省委書記親自幫我找的關係，不順利就不對了。請批資金的報告已經遞上去了，那位領導說會儘快幫我們批下來的。」

方晶笑笑說：「那恭喜你了，解決了一個大難題。」

莫克說：「謝謝，這事能夠解決，去了我一個大心病，說實話，我真擔心不順利，那樣，我對很多方面都不好交代的。上次傅華被金達指使故意難爲我，讓我愁得不行，幸好吉人自有天相，省委呂書記親自幫我跟發改委做了溝通，這才把問題解決了。」

方晶聽了說：「看來老領導很受你們省委書記的器重啊。」

莫克得意的說：「那倒是，當初就是呂書記推薦我出任海川的市委書記，他是提拔我的伯樂。」

方晶心裏暗自好笑，莫克這傢伙還真拿他自己當塊料啊，伯樂都出來了，那他豈不是千里馬？不過，這匹千里馬成色可是不足的，方晶覺得這傢伙只有些酸腐氣，真本事可是一點都沒有。

方晶便用略帶諷刺的口吻說：「看來有這位慧眼識人的省委書記在，老領導一定是前程不可限量啊。」

莫克沒有聽出方晶實際上是在諷刺他，反而覺得方晶真心認爲他鵬程萬里呢，越發高興，笑說：「是啊，我相信只要呂書記在東海，未來我一定會有很好的發展的。」

方晶心裏越發覺得莫克可笑，居然連正話反話都聽不出來，暗自搖了搖頭，懶得跟莫克繼續討論他的前程了，就笑笑說：「老領導，這次你準備在北京待幾天啊？」

莫克說：「什麼待幾天啊，這次因為是被臨時抓來的，事先沒有什麼準備，一大堆的事都擱下來了，還要趕緊回去處理呢，所以明天就會回去了。」

方晶心說你趕緊回去最好，省得我還要應酬你，就笑笑說：「這麼匆忙啊？」

莫克說：「沒辦法，官身不由人啊。」

方晶笑說：「是啊，你們這些官員們的事務確實是太繁雜了。」

莫克嘆了口氣說：「是啊，我們的事務繁雜，而且千頭萬緒，你都不知道什麼時候會從哪裡冒出來一件事來。你知道嗎，前段時間傅華還被人舉報過，說他貪污公款，私生活不檢點呢。」

方晶愣了一下，她不明白莫克在她面前說起傅華來是什麼意思，有什麼企圖？不過，她可不想傅華被人說成這樣，便說：「傅華不像這種人啊，舉報他的人一定是別有居心。」

莫克看了方晶一眼，他今天來鼎福俱樂部，其中一個目的就是想搞清楚傅華和方晶究竟是怎樣的一種關係，舉報信裏出現傅華和方晶的照片，讓他產生了懷疑，他懷疑方晶和傅華真的存在某種程度的曖昧。現在看方晶這麼護著傅華，開口就說是舉報人別有居心，他心中的疑竇更重了。

莫克便故意說：「方晶啊，你怎麼會認爲傅華不像這種人呢？你跟傅華是不是關係很好啊？」

方晶看到莫克眼中的懷疑，馬上就明白莫克在想什麼，心裏就很反感，心說你算什麼東西啊，竟然跑來質問我?!我就是跟他關係很好又如何？關你屁事啊？

方晶想：我索性逗逗你，便笑了笑說：「我跟他的關係是不錯啊，所以我才瞭解他這個人個性是怎麼樣的。怎麼了？」

莫克的臉色一下子沉了下來，看著方晶，有點氣惱的說：「難怪舉報信中有你的照片，原來你跟他還真是關係非淺啊。」

「有我的照片？」方晶驚訝的問：「怎麼會有我的照片？」

莫克冷笑一聲，把一張照片放在方晶面前，說：「你自己看看吧，你跟他的親密樣子都被人拍下來了。」

方晶看了看，是一張她和傅華說笑著從海川大廈往外走的照片，笑說：「還拍得挺清楚的嘛，老領導，你們海川這些官員還真是無聊啊，這樣的照片也拍，這有什麼用啊，有本事，他拍幾張床上的照片啊？」

莫克聽方晶竟然說到了床照，心中就更惱火了，他沒想到方晶和傅華居然進展到那種程度了，不由得脫口叫道：「方晶，你怎麼這樣啊？」

方晶看莫克急得臉都紅了，不由得笑了起來，說：「老領導，我哪樣啊？你不會真的認爲我跟傅華已經上過床了吧？」

莫克愣了一下，說：「沒有嗎？」

方晶不想再逗莫克下去了，看莫克這個樣子，再逗下去的話，莫克恐怕真的會遷怒傅華的。莫克跟傅華的關係本來就夠緊張了，說不定因爲她，莫克會更加的恨傅華。方晶可不想給傅華惹上什麼麻煩。

方晶正色說：「老領導，你也太不識逗了吧？我跟傅華關係不錯，是因爲他岳父有些背景，我們這種開門做生意的人，什麼樣的人都要交朋友的。我們就是簡單的朋友，可沒那種關係。只是沒想到會被你們海川那些見不得人的傢伙盯上了。」

莫克總算鬆了口氣，說：「原來是這樣。」

方晶瞅了莫克一眼，說：「老領導，你今天來，不會是專門爲了這張照片來質問我的吧？」

莫克趕忙說：「不是，我還有別的話想跟你說。」

方晶說：「什麼話啊？」

莫克有些矜持地說：「這個嘛，我是想……」

莫克結巴了起來，到嘴邊的話居然說不出來。

莫克來，其實是想壯起膽子跟方晶表白的，他想告訴方晶他已經暗戀她很多年了，現在他和她都是單身，問方晶是不是可以給他一個機會，兩人交往一下。

這些話他事先偷著排練過，原本以爲見到方晶，他可以輕而易舉的把心裏話給說出來。莫克覺得，他已經見識過女人的真實面貌，方晶對他來說不再是高不可攀的女神，而是一個可以去征服的女人，現在他要做的，就是找到征服方晶的點，然後一舉拿下她。

當他真正面對方晶桃花一樣美麗的粉面，水一樣靈動的雙眼時，他才發現自己錯了，他所建立起來的心理優勢根本就不堪一擊。女神還是女神，沒有絲毫的改變，他心裏的畏懼仍然頑強地存在著，他連一句告白的話都說不出來。

方晶看莫克張口結舌的樣子，不由得就很反感，她很討厭像莫克這種連句話都不敢說出口的男人。

她已經大概猜到莫克想說什麼了。莫克這次專程跑來，一定是想向她示愛的。方晶心想：你連說出來的勇氣都沒有，又談得上什麼愛啊？一個男人這麼畏畏縮縮，女人只會討厭，根本不會喜歡上你的。

方晶有趣地看著結結巴巴、話都說不出來的莫克，笑了笑說：「怎麼了，老領導，你想說什麼啊？要說就說吧，我聽著呢。」

方晶的話鼓勵了莫克，他想：怎麼說我也是 個市委書記，地位也不差，既然這樣，還有什麼不敢說的？

莫克身板便坐直了，看著方晶說：「方晶啊，是這樣，你知道……」

莫克剛想把「你知道我喜歡你」這句話說出來時，沒想到他的手機不識趣地響了起來，打斷了他的話，他只好停下來，拿出手機看了看，是朱欣打來的。

莫克心中這個氣啊，這個臭女人真是會找時間，單單在他要跟方晶表白的時候打電話來。

莫克索性把電話按掉了，然後抬起頭來看著方晶，說：「方晶啊，你知道我……」

手機再次響了起來，莫克知道肯定還是朱欣，不去理會，依舊看著方晶說：「方晶啊，也許你早就看出來了，我是……」

方晶打斷了他的話，笑笑說：「老領導，你還是先接了電話再說吧，也不急在那幾分鐘，電話老是這麼響，有點煩人。」

莫克就不好不接電話了，只好按下接通鍵，不高興的說：「朱欣，你幹嘛啊，我們都已經離婚了，你老是打電話來幹什麼呀？」

朱欣卻沒有理會莫克的埋怨，帶著哭腔說：「老莫，不好了，小筠出事了，你在哪裡啊？趕緊過來吧。」

第九章

一石兩鳥

孟副省長知道朋友讓呂紀出面説鄧子峰，是有一石兩鳥的意圖，
朋友找呂紀，是在跟呂紀表明孟副省長是跟呂紀站在一起的，
呂紀這才會出面維護孟副省長。
鄧子峰也會因此對呂紀產生看法，而埋下了兩人未來衝突的隱患。

「小筠出事了？」莫克驚叫一聲，他可以不在乎朱欣的死活，但是對女兒小筠他還是很關心的，便趕緊問道：「怎麼了，女兒出什麼事了？」

朱欣說：「小筠今天在課堂上被老師說了幾句，她就老師就吵了起來，老師一氣，讓她在教室門口罰站，結果小筠就衝出了教室，上了學校的頂樓，鬧著非要跳樓不可。幸好被老師發現了，現在正在勸說呢。你在哪裡啊，趕緊過來吧，小筠最聽你的話了。」

莫克臉色頓時煞白了，女兒的年紀正處於叛逆期，加上他和朱欣剛剛離了婚，女兒要走上極端是很可能的。

方晶做過莫克的下屬，對莫克的家庭情況也很瞭解，知道小筠是莫克的女兒，聽莫克叫說小筠出事了，在一旁問道：「怎麼了，女兒出什麼事了？」

莫克氣急敗壞地說：「她跟老師吵架，說要跳樓，這孩子！」

電話那邊，朱欣聽到一個女人在跟莫克說話，愣了一下，說：「你在哪裏啊？是跟誰說話呢？」

莫克這時候沒心情再去跟朱欣解釋什麼，他更關切女兒的安危，便叫道：「好了，你別管那麼多了，先穩住小筠，趕緊報警，讓警方來處理。」

朱欣問：「你讓我報警，你不過來嗎？」

莫克急說：「我現在在北京呢，一時之間怎麼過得去呢？」

朱欣帶著哭腔說：「那怎麼辦呢，小筠現在的情緒很不穩定，我勸她也不聽，一直叫著說什麼大家都來欺負她，她不想活了。」

莫克一籌莫展地說：「我現在就是有翅膀也飛不回去啊？」

朱欣氣得叫道：「莫克，都是你，我早說給小筠換個學校，你這樣不行那樣不行的，現在好了，她被你逼得都要跳樓了。我告訴你莫克，如果小筠真有什麼閃失，我一定跟你拼命。」

莫克心中也是焦急萬分，叫道：「你窮叫喚什麼啊，你跟我拼命就能救小筠啊？」

方晶也不想莫克的女兒出什麼事，便在一旁提醒說：「老領導，既然你女兒最聽你的話，你就讓嫂子把手機給她，你在手機上勸她一下好了。」

方晶的話提醒了莫克，他急忙對朱欣說：「你趕緊把電話給小筠，我跟她說幾句話。」

朱欣覺得這辦法可行，便說：「行，我馬上把電話給她。」

過了一會兒，莫克就聽到電話那頭女兒小筠哭著著：「爸爸，你在哪裡啊？他們所有人都來欺負我。」

骨肉連心，莫克聽到女兒聲嘶力竭的叫喊聲，眼圈一下子就紅了，也帶著哭音說：「小筠，你可別做傻事啊，你要有個什麼閃失，可叫爸爸怎麼辦呢？」

小筠說：「你還關心我嗎？你還知道有我這個女兒嗎？你都好長時間不來看我了。」

莫克說：「爸爸從來都沒忘小筠是我的女兒，我現在在北京，你等著，爸爸馬上坐晚班機回海川去看你。你可千萬別做傻事啊。」

小筠不相信地問：「你真的會來看我嗎？沒騙我？」

莫克哽咽著說：「爸爸怎麼會騙你呢？你趕緊從樓頂下來，我會在最快的時間內趕回去見你，聽話，好嗎？」

小筠順從地說：「好的，爸爸，我下去等你回來。」

莫克又說：「我馬上就回去，你下來後，把電話給媽媽，讓她跟我說話。」

小筠乖巧地說：「好的。」

過了一會兒，電話那邊換成朱欣的聲音，說：「好了，老莫，小筠下來了，真是嚇死我了，到現在我的心還在哆嗦著呢。」

莫克總算鬆了口氣，說：「你趕緊把她帶回家去，我馬上就坐晚班飛機，儘快回海川去見她。」

朱欣說：「好，我馬上帶她回去，你也別廢話了，趕緊訂機票去吧。」

莫克掛了電話，緊接著就打電話給傅華，讓傅華幫他訂最近一班飛海川的機票，他急著趕回海川。傅華答應了一聲，就趕緊去辦理去了。

莫克看了看方晶，此時情勢大變，他的表白再也難以說出口，只好苦笑一下，說：

「方晶啊，我要趕緊回駐京辦了。」

方晶笑了笑，莫克沒有把想說的話說出口，倒省得她回絕的尷尬了，就說：「老領導，別說這些了，你趕緊回海川去看小筠吧，千萬別讓她再這樣傻了。」

這時傅華的電話打了回來，說機票已經訂好了，莫克就跟方晶說了聲再見，離開了鼎福俱樂部。

莫克走得很匆忙，連他帶給方晶看的那張照片也沒帶走。方晶拿起照片，打量著上面的傅華，輕輕地搖了搖頭，心說：如果真是像這些人舉報的那樣，自己跟傅華發生點什麼該多好啊，可惜僅僅是擔了一個虛名。

她打開抽屜，將照片放進去，然後鎖了起來。她還沒有一張跟傅華的合影，這張照片就留下來做個紀念吧。

莫克回到駐京辦後，就收拾行李趕往首都機場，在晚上八點趕回了海川。

一到海川，他馬不停蹄趕去朱欣的新房子，進門之後，小筠就撲過來抱住他，大哭了起來。

莫克緊緊抱著小筠，喃喃的說：「你這個傻孩子，多大點事啊，你就這麼走極端？你要嚇死爸爸啊？」

好不容易小筠才止住哭聲，莫克又陪著她，開解了好半天，答應她會經常來看她，這才把小筠的情緒給哄得好轉了起來。

莫克和朱欣又在她的房間裏陪著她，一直到她睡著了，才從她的房裏走出來。

關上房門後，朱欣看看莫克，說：「接下來你準備怎麼辦啊？」

莫克說：「先讓小筠在家休息幾天，具體怎麼辦，我想想再說吧。」

朱欣沒好氣地說：「想，想，想什麼想啊！這還有什麼好想的？小筠鬧了這麼大動靜出來，難道還能回那間學校讀書嗎？趕緊想辦法給她轉學吧。你如果當初聽我的話，把小筠轉到貴族學校去，就不會發生這麼多事了。」

莫克耐住性子說：「你別鬧了好嗎？我現在累得要死，腦子裏一團糟，有什麼事明天再說。」

朱欣哼了聲說：「你累得要死，難道我就輕鬆啊？我這一下午都不知道是怎麼熬過來的。」

莫克也是連嚇帶累，整個人都沒精神了，便說：「行了，我不想跟你吵，有什麼話明天再說。」

朱欣也沒心情跟莫克吵架，就聽任莫克回去了。

第二天一早，莫克去陪小筠吃了早餐，看看小筠情緒穩定多了，這才放下心來。

吃完飯，小筠回自己房間去玩電腦去了，莫克看小筠回了房間，便對朱欣說：「我想了一下，是該給小筠換個學校，事情鬧這麼大，她也沒有顏面回那所學校了。」

朱欣說：「那錢怎麼辦？」

莫克說：「什麼錢怎麼辦啊，我是讓你給她轉學，可沒說要讓她去念什麼貴族學校。現在讓她上貴族學校太顯眼了，貴族學校一年學費就十幾萬，根本不是我們正當收入可以負擔的，所以不行。」

朱欣像看怪物一樣看著莫克，說：「莫克，你還是人嗎？小筠都這樣子了，你還這不可以那不可以的。你在北京跟那個婊子偷情就可以，小筠上個貴族學校就不可以，小筠是你女兒啊，難道在你心目中就不如那個婊子重要嗎？」

經過一晚的休息，朱欣把昨天發生的事情理順了一遍，她十分確定昨天在莫克身邊講話的女人就是方晶。一想到女兒在受煎熬，莫克卻在溫柔鄉裏享盡豔福，朱欣自然是氣不打一處來，現在莫克又拒絕讓小筠上貴族學校，朱欣真是氣炸了。

莫克說：「你胡說八道什麼，我跟誰偷情了，我去見方晶，就是去見朋友。」

朱欣嗤了聲說：「見朋友，你騙誰啊？我聽聲音，明明就是只有你跟那婊子兩個人，孤男寡女的，你們難道會幹什麼好事嗎？恐怕我打電話給你的時候，你們正在幹那事吧？」

莫克瞪了朱欣一眼，惱火地說：「你別無理取鬧啊，什麼幹那事，太低級了。」

朱欣冷笑一聲，說：「嫌低級你別幹啊？幹了就別怕人說。」

莫克氣說：「我什麼時候說我幹過了，朱欣，我是來跟你商量小筠下一步怎麼辦的問題，你別說這些沒用的。」

朱欣叫道：「商量什麼啊，小筠下一步就是去貴族學校寄讀，沒別的辦法。」

莫克說：「你別說的那麼絕對，去別的學校不一樣學習嗎？」

朱欣反駁說：「別的學校能給你女兒好的環境嗎？莫克，你究竟愛不愛小筠啊？難道你就不想讓她過得舒心一點嗎？你別成天只想著北京那個婊子，也想想自己的女兒。」

莫克叫說：「你別一句一個婊子的好不好？放尊重點。」

朱欣回嘴說：「怎麼了，我說她，你心疼了？」

莫克瞪著朱欣說：「朱欣，你搞清楚，我們已經離婚了，我就是心疼她也不關你什麼事。小筠的事，你如果要我來辦，那我就幫她聯繫個學校，幫她轉校就是；如果你非要上什麼貴族學校，那對不起，我沒這個能力。你要她上，那你來負責。」

朱欣看莫克鐵了心攤牌說不負責小筠上貴族學校的費用，憑她的收入和她從莫克這裏拿到的一百萬，付掉學費，也就剩不了多少了。

朱欣氣惱地說：「莫克，小筠可是你的女兒，你可以對我置之不理，但是你不能不管你的女兒。」

莫克說：「我沒說不管她，但是我也只能在自己的能力範圍內管她，我的能力就這麼大，沒辦法供她上貴族學校。」

朱欣不死心地說：「莫克，你別裝正經啦，你沒能力？你跟東濤說一聲，這件事還不是輕而易舉就解決了？」

莫克心說：你當我不知道跟東濤說句話，就能輕易把事情解決了嗎？關鍵是我不能鬆這個口，一旦鬆這個口，以後你就會得寸進尺，什麼事都找我給你辦了。那我這輩子就會被你纏得死死的。所以這個口絕對不能開。

莫克回說：「朱欣，你當東濤是什麼？我的奴才嗎？可以讓我予取予奪？上次爲了跟你離婚，我已經厚著臉皮跟他開過口了，這次我怎麼好意思再去麻煩他？不行，我不會再去找東濤的。行了，我也差不多到時間要去上班了，你自己想想小筠下面要怎麼辦吧，如果決定只是轉校了，那就打電話通知我一聲，我幫你辦就是了。」

莫克說完，也不等朱欣再講什麼，就離開朱欣的新房了。

朱欣看莫克離開，心裏恨得牙根癢癢的，可是她現在跟莫克離婚了，莫克已經不受她的控制了，莫克這個樣子對待她，她也只能坐在那裏生悶氣。

悶坐了一會兒之後，朱欣站起來，她不甘心就這樣認輸，既然莫克不肯出面跟東濤打招呼，她可以自己去找束濤啊，她又不是不認識束濤；再說，要辦的事也是幫莫克的女兒去上貴族學校，束濤就算不給她這個面子，起碼也該給莫克的女兒一點面子吧？爲了女兒，這是值得去試一下的。

朱欣有了主意，就去房間裏看了看小筠，小筠正很著迷的在打電腦遊戲，想來不會再出什麼狀況了，就跟小筠說她要出去。小筠沉迷在電腦遊戲裏，應了一聲就沒再理朱欣了。

朱欣就搭計程車去了城邑集團，找到束濤的辦公室。

束濤看到朱欣愣了一下，他在付給朱欣那套房子之後，就沒再跟朱欣打過交道了。現在朱欣找上門來，是想幹什麼啊？貓頭鷹進宅，無事不來，她來八成不會有什麼好事。

更要命的是，她已經跟莫克離婚了，影響力有限，她能給自己帶來的利益不會太多；但是完全置之不理又不行，她畢竟是跟莫克生活了很長一段時間的女人，哎，這個分寸還真是很難拿捏啊。

束濤的頭有點大，心裏想著該怎麼應付朱欣，嘴上卻客套地說說：「朱科長啊，什麼風把你給吹來了？」

朱欣看了眼束濤，心說跟這種人精轉彎抹角沒什麼用，還不如直接開門見山，就苦笑著說：「束董啊，無事不登三寶殿，我今天是有事來求你的。」

就知道你來沒什麼好事，果不其然！束濤心裏雖然不情願，卻不好直截了當的拒絕，臉上堆笑著說：「朱科長，別說的這麼嚴重，什麼事說來聽聽，看看我有沒有這個能力幫你解決？」

朱欣聽莫克話雖然說得好聽，卻已經留下了拒絕的餘地，心裏就有些生氣，要是她還是市委書記的夫人，束濤一定會馬上就說盡力幫她解決了。看看有沒有能力解決？這不是廢話嗎？如果你沒這個能力，我來找你幹嘛啊？

朱欣放低姿態說：「是我跟老莫的女兒，現在的孩子，跟我們那時候可是大大的不同了，一點小事就鬧得要死要活的，昨天她跟老師吵了起來，竟然鬧著要跳樓，雖然最後被勸了下來，不過已經在學校造成了很大的風波，我和老莫就很擔心這孩子如果再回這間學校的話，其他的同學會用異樣的眼光看她，那樣會讓她的情緒更不穩定的。」

束濤看朱欣表達出來的意思，似乎是莫克授意讓朱欣來找他的。這就不好拒絕了，便笑笑說：「哎呀，現在都是獨生子女，每個家庭都拿孩子當寶貝，把孩子嬌慣的很脆弱。朱科長，說吧，你想讓我做什麼？」

看束濤說要幫忙，朱欣鬆了口氣，總算今天沒白來，就說：「是這樣子的，我和老莫想讓女兒轉學到貴族學校去，但是每年十二萬的學費……」

束濤心說：每年十二萬的學費還不算多，這個竹槓我還被敲得起，就笑笑說：「我當是什麼事呢，不就是十二萬的學費嗎？小意思，這個我們城邑集團贊助了。」

朱欣看問題得到了解決，感激地說：「東董啊，你真是太夠意思了，我替我女兒謝謝你了。」

束濤說：「朱科長別這麼客氣，我也是關心下一代的成長嘛，錢回頭我讓人給你送過去。」

朱欣千恩萬謝的離開了。

朱欣離開後，束濤就撥電話給莫克，他正好有事要莫克幫忙，原本還想要怎麼跟莫克開這個口呢，現在他幫莫克解決了這個問題，他要莫克幫忙的事，也就可以理直氣壯地跟莫克談了。

莫克接了電話，語調低沉的說：「什麼事啊？」

束濤說：「您現在方便說話嗎？」

莫克情緒不是很高，懶懶地說：「方便，說吧，什麼事？」

束濤聽莫克好像不太高興的樣子，以爲朱欣還沒把他答應支付學費的事跟莫克說，就邀功說：「莫書記啊，朱科長剛從我這裏離開，你女兒學費的事，我已經幫她解決啦。」

莫克愣了一下，他沒想到朱欣竟然會自己去找束濤，心中就很惱火，心裏暗罵朱欣這個臭娘們。可是如果不要束濤幫這個忙吧，卻又會影響了女兒去上貴族學校，便淡淡地說：「剛才朱欣去找你了？」

東濤心裏有些詫異，聽莫克的口氣，似乎朱欣來找他莫克並不知道，可能朱欣是自己打著莫克的旗號來的，這個娘們還真是有一套啊，竟然騙到他的頭上來了。

不過雖然受騙，東濤也並不十分的惱火，他的目的是討好莫克，只要能達到這個目的，就算被騙也無所謂。

東濤笑笑說：「是啊，莫書記，朱科長跟我說，想幫女兒轉到貴族學校去就讀，可是學費上有點問題，我就說城邑集團會贊助的，幫她解決了這個問題。」

莫克說：「東董啊，其實沒必要的，我是不同意送女兒去貴族學校的，沒想到朱欣竟然自己找你去了，真是給你添麻煩了。」

東濤聽莫克雖然沒有安排朱欣找他，卻也沒說學費不用他出，就明白莫克還是想要他付這筆錢，就笑笑說：「麻煩什麼啊？這是我應該做的。您女兒確實也應該上一家好學校的，我很高興能幫上這個忙。」

莫克說：「可是我總是有些不好意思。東董啊，以後如果朱欣再打著我的旗號去跟你要求什麼，你在答應她之前一定要問我一聲，別被她糊弄了。她跟我已經離婚了，她做什麼，跟我的關係已經不大了。」

莫克的說法是下不為例的意思，也說明這次幫的忙他還是很滿意的，東濤便理解地說：「我知道了，莫書記。」

莫克說：「你找我還有別的事嗎？」

束濤笑笑說：「是還有一件事，海平區那個項目我們已經拿到手了，近期就要動工了，我想搞個動工儀式，您看您是否能夠來參加一下啊？」

一個項目能請到什麼層次的領導參加開工儀式，其實是彰顯了這個項目業主的實力，來的領導層次越高，表示業主的實力越強大。束濤想要莫克出席這次的開工儀式，也是想向海平區展示一下他的實力，讓海平區的官員們不敢隨便來打他的秋風。

雖然莫克的城邑集團在海川算是數一數二的大公司，但是他的影響力達不到海平區，海平區自成一區，在這個地面上，自然也由其他的地頭蛇壟斷。

這次束濤迫於形勢，插手了海平區的項目，算是強龍過江，莫克也只是暗地裏幫他打了招呼，很多人並不知道這層關係，束濤就很擔心下面的官員們不十分買賬。

如果這些官員們到時候一個個來找麻煩，那他就很難承受這個成本了。於是請莫克出面，就很有必要，只要莫克在開工儀式上講講話，海平區的官員就知道這個項目是莫克在罩著的，他們再來敲竹槓，可就要思量一下自己的分量了。

莫克遲疑了一下，按說束濤剛幫他解決了女兒上貴族學校的學費問題，他應該爽快的就答應下來。但是他跟束濤的事才驚動了省委書記呂紀，如果他這時候跑去幫束濤站臺，那就坐實了他跟束濤之間的確是有貓膩。這對莫克來說，可不是件好事。

莫克有些爲難地說：「束董啊，按說我們的交情，我是應該幫你這個忙的，不過你也清楚，上次爭取舊城改造項目的時候，你跟朱欣可是被人拍了照片的，我這時候再出面，是不是會讓人有所誤會啊？」

束濤笑說：「莫書記，您這方面的顧慮我已經考慮到了，我不是只請您一個領導，我還邀請了省政協的張琳副主席，到時候您來作陪一下，是不是就沒人會說什麼了？」

束濤考慮得很周詳，一方面，張琳這個省政協副主席雖然沒什麼實權，卻也是副省級幹部，他過來參加城邑集團項目開工，禮貌上，海川市的領導是應該出面作陪的。這樣莫克再來參加開工儀式，別人就挑不出什麼毛病了。

莫克便說道：「你已經找了張琳副主席了嗎？」

束濤說：「請了，我昨天專門去了一趟齊州，到省政協去拜訪了張琳副主席，他很高興地答應了。」

束濤確實是去見了張琳，不過張琳答應的並不爽快，他對重回海川參加這種無足輕重的開工儀式感覺有點不是很情願，覺得似乎辱沒了他這個省政協副主席的身分。只是礙於他跟束濤的交情，讓他不得不放下架子，勉強答應下來。

束濤對張琳的態度有點意外，按說，要不是他幫忙讓他跟孟副省長搭上關係，他怎麼能幹得上這省政協的副主席啊？

不過束濤對張琳這種心情也是能夠理解的。他現在已經不是那個威風八面的市委書記了，只是個被放在政協等著養老的官員，失去了很大的權力，自然不願意輕易放下身段來出席這種無足輕重的小開工儀式了。

直到後來束濤說會邀請莫克陪同他出席這次開工儀式，張琳的臉上才算有了一點笑容，莫克陪同，可以彰顯他的身分等級高於莫克，雖然這僅僅是一種形式上的高於，但是起碼可以滿足他脆弱的自尊了。

莫克便爽快地說：「那行，到時候我就陪張副主席出席你的開工儀式。」

掛了束濤的電話後，莫克又把電話撥給朱欣，他要狠狠斥責一下朱欣，起碼表達一下他的憤怒，讓朱欣今後適可而止，不要再打著他的旗號去跟束濤之類的商人提什麼不合理的要求了。

朱欣估計知道莫克打來是爲了她找束濤的事，所以隔了很久才接電話。

「莫克，你找我幹嘛？」朱欣問。

莫克說：「你現在在哪裡？」

朱欣沒好氣地說：「還能在哪裡啊，在家陪女兒啊，你不在乎女兒，我可在乎。」

莫克說：「誰不在乎女兒了？我不在乎她，昨天會那麼匆忙地從北京趕回來？」

朱欣不屑地說：「好了，別表功了，你找我究竟是什麼事啊？」

莫克生氣地說：「什麼事你自己不清楚嗎？你什麼意思啊，我不是跟你說小筠不去貴族學校嗎？你爲什麼還打著我的旗號去找束濤呢？」

朱欣不認錯地說：「我什麼時候打著你的旗號找束濤了，我找束濤只是說我想讓他幫個忙，可沒說是你安排我去的。」

莫克冷笑一聲，說：「你別裝糊塗了，沒有我這個市委書記，人家束濤知道你是那顆蔥啊？」

朱欣還沒被莫克這麼蔑視的說過，不由得氣惱說：「莫克，你竟敢這麼跟我說話？」

莫克反問說：「我爲什麼不敢這麼跟你說話啊，你以爲我還是那個被你訓斥來訓斥去的莫克嗎？那個時代早就過去了。沒有我莫克，束濤根本就不會理你的。」

「你！」朱欣被氣得說不出話來了。

莫克冷笑著說：「我什麼啊？我告訴你朱欣，你要搞清楚，我現在是市委書記，而你只不過是一個離了婚的小科長而已，你沒有資格再跟我這麼說話了。」

「莫克，」朱欣氣得叫道：「你別欺人太甚。」

莫克說：「我看欺人太甚的是你吧，我們都離婚了，你憑什麼還打著我的旗號去招搖撞騙啊？」

朱欣反駁說：「我什麼時候招搖撞騙了，我只不過是爲了女兒好，才不得已去求束濤的，不是你這個做父親的不盡責任，我需要這麼低聲下氣的去求人嗎？」

莫克不耐煩地說：「行了行了，什麼我不盡責任，是你的虛榮心作祟，非要把女兒送進什麼貴族學校，這些都是你搞出來的，你卻反過頭來埋怨我。」

朱欣罵說：「你胡說八道，我是真心爲了女兒好的。」

莫克說：「行了行了，我不想跟你爭這些沒意義的東西了，這次我就當你是爲了女兒好，我原諒你，不去計較你撒謊騙束濤。不過，這次我放過你，不代表下次我也會放過你。朱欣，我在這裏嚴正的警告你，不准再打我的旗號去跟別人提什麼不適當的要求了。如果再有類似的事發生，你可別怪我對你不客氣。」

早上洗漱的時候，孟副省長看了看鏡子裏的自己，鏡子裏的他，滿臉黑氣，看上去要多倒楣就有多倒楣。他嘆了口氣，心說：老子怎麼被鄧子峰擺佈成這個樣子了？

自從鄧子峰在省政府的常委會議上抓住他的一點小錯重批他之後，鄧子峰針對他的一連串行動就開始了，只要他分管的工作出現一點點閃失，鄧子峰就一定對他點名批評，鬧得孟副省長現在成天提心吊膽，戒慎恐懼，生怕下面哪個部門出現什麼問題，他又得被鄧子峰狠批一頓。

另一方面，鄧子峰對孟副省長勢力範圍的東桓市和河西市的官員們卻很友好，不但給這兩個市政策上的扶持，而且還幾次表揚了這兩個市的領導，稱讚他們的工作做得很好，使得這兩個市的經濟有了很大的進步。

鄧子峰這種刻意拉攏的態度，讓孟副省長的部屬們自然越來越向他靠近。

官場上比的是實力，沒有多少人能夠做到真正的忠誠，鄧子峰這麼做，孟副省長原來那些部屬們就開始跟孟副省長保持距離了，他們已經看出來，現在東海省政府說了算的是鄧子峰，孟副省長已經被邊緣化了，他們自然不想靠孟副省長太近，以免跟著孟副省長受到牽連。

孟副省長感受到了從未有過的孤立，他把這種情況打電話跟北京的朋友說。朋友聽完，笑說：「老孟啊，這不很正常嘛，別忘了，你可是跟人家爭過省長寶座的啊。」

孟副省長苦笑說：「我是爭過，可是失敗之後我認輸了啊，鄧子峰到東海來，我可是處處尊重他的，殺人不過頭點地，他還想怎麼樣啊？」

朋友理所當然地說：「他不會想怎麼樣的，只是你的存在對他是一個威脅，這個威脅不去掉，他總是不能安心。現在人家省長也幹上了，已經不需要看你的眼色行事了，有點動作也在情理之中。」

孟副省長罵了一句娘，說：「這傢伙太陰險了，剛來時那個伏小做低的架勢，別提有多噁心了，現在一用不到這些人了，馬上就變了臉，真是他媽的卑鄙。」

朋友勸說：「老孟，這你還看不透啊，換了誰去做這個省長，也都是這個套路啊，立足未穩的時候，自然是做小伏低，八方獻媚；站穩腳跟後，必然會打擊一批、拉攏一批，好建立自己的勢力。這你不要看不慣，換了是你，你也會這麼做的。」

孟副省長嘆了口氣，說：「也許吧，不過我心中總是有些不平，這傢伙就不要給我機會，只要讓我逮到機會，我也會讓他嘗嘗我手段的狠辣的。」

朋友正色提醒說：「老孟，你可千萬別鬧事啊，你可別忘了，那個裘新的事還沒過去，這時候你可千萬別跟鄧子峰叫什麼板，不然的話，吃虧的可是你自己。」

孟副省長苦笑了一下，說：「這你放心啦，我不會自找沒趣的。我現在是什麼處境我很清楚，鄧子峰也就是抓住了這一點，吃準了我不敢對他怎麼樣，媽的，他這一手玩得很高明啊。」

朋友只好勸慰說：「忍忍吧，忍一時風平浪靜，退一步海闊天空。現在這個時機，你沒有本錢跟他對著幹的。」

孟副省長抱怨說：「可是忍耐的日子真是不好過，你能不能出面幫我跟他說幾句好話，不讓他再這麼為難我了？」

朋友笑說：「怎麼，你打算認輸？」

孟副省長說：「認輸倒沒有，只是希望他讓我有機會喘口氣。」

朋友笑說：「老孟啊，這個招呼我是可以出面跟他打，不過，恐怕結果不一定如你想的那樣，這樣子的話，鄧子峰只會更看不起你的。我覺得你就咬牙忍著吧，你咬牙忍著，比你伏小做低更好一點。這樣別人會覺得你並沒有被打倒，還有翻身的機會；可一旦你伏小做低了，別人就會覺得你被打倒了，那你對他們來說可就一點價值都沒有了。」

孟副省長哀怨地說：「我現在這個樣子，對誰還有價值啊？有個屁價值啊？」

朋友笑說：「你可別看不起自己，你對某位人士來說不但有價值，價值還很大呢。」

孟副省長遲疑了一下，說：「你說的不會是呂紀吧？」

眼下這個局勢，雖然呂紀和鄧子峰並沒有出現什麼衝突，但是東海政壇上新的兩強並存的格局已經隱然成形了。原本孟副省長算是東海省的兩強之一，但是接連發生與他有關的事嚴重削弱了他的勢力，鄧子峰借助這波力量巧妙地崛起，成爲東海政壇上新的兩強之一。

而那穩固沒變的一強，則是指東海省省委書記呂紀。如果說孟副省長還對某個人有價值的話，那這某個人除了呂紀不會有別人。

朋友說：「老孟啊，你這不是挺明白的嗎？你看，鄧子峰已經開始展現出他強勢的一面了，表明他的實力在增長當中，一山不容二虎，他跟呂紀叫板是遲早的事。你如果跟鄧子峰伏小做低了，呂紀就會覺得你這個人沒什麼用處了，甚至還會把你當做是鄧子峰的人馬加以打擊，那時你要受鄧子峰和呂紀兩重壓制，那就真是翻身無望了。反過來，你如果不去屈從鄧子峰，呂紀會覺得你還是一股可以對抗鄧子峰的勢力，必要的時候，他會利用你這方的實力來威脅鄧子峰。」

孟副省長聽了說：「你說的很有道理。」

朋友笑笑說：「當然有道理了，你的常務副省長的位置實際上是很重要的，你還記得江北省原來的省長林鈞是怎麼被搞掉的？」

孟副省長說：「當然記得，林鈞就是被他的副手聯合省委書記取而代之的。不過我跟呂紀的關係也很彆扭，還達不到聯手搞掉鄧子峰的程度。」

孟副省長跟呂紀之間也有心結，他們之間絕對無法達到聯手搞掉鄧子峰的程度。鄧子峰敢於對孟副省長下手，也是看到了這一點。否則，孟副省長身後如果有呂紀的強力支持，鄧子峰就不敢對他怎麼樣了，因爲呂紀和孟副省長如果聯手的話，鄧子峰就處於弱勢了，那時他只能被動挨打，而不敢出手反擊。

朋友又說：「我告訴你這個，不是說一定要你取鄧子峰而代之，而是告訴你，你這個常務副省長的位置大有可爲。就算你無法跟呂紀聯手搞掉鄧子峰，你也可以在他們的爭鬥中佔據優勢，到時候他們就會競相爭取你的支持了。所以你現在要做的，就是忍耐，不要去得罪任何一方，忍耐到他們爭鬥起來，那時候你的機會就來了。」

孟副省長嘆說：「想不到我姓孟的還有今天，竟然還要看這倆傢伙的臉色行事。」

朋友規勸說：「行了，老孟啊，你也該收斂收斂你那種張揚跋扈的性子了，你知道高層為什麼不選你出任東海省省長嗎？就是因為你那種太過張揚的個性，搞得好像你已經是省長了，甚至沒把呂紀和郭奎放在眼中，這兩人對你當時的行徑都很不滿，因而大大的影響了高層對你的判斷。反觀人家鄧子峰，處處低調，行事謹慎，兩相比較，高層自然是不會選你的。什麼時候該做什麼，該是一種什麼姿態，這點鄧子峰比你強，你跟人家好好學習學習吧。」

孟副省長無奈地說：「我現在在他手下，不想學也得學啊，不然的話，人家又會敲打我了。」

朋友說：「鄧子峰一再敲打你，做的是有點過了，他也太不把我們這些朋友當回事了，這件事你別擔心了，我來幫你解決吧。」

孟副省長跟北京這些朋友的關係，很多人都知道，鄧子峰一再敲打他，讓北京這些朋友也沒了面子，畢竟不看僧面看佛面，敲打孟副省長，也等於敲打北京的這些朋友。所以這些朋友惱火也是很正常的。

孟副省長好奇地問說：「你打算怎麼做？幫我跟他打招呼嗎？」

朋友笑說：「我不找他，我找呂紀，讓呂紀去跟他說，就說你也是爲黨工作多年的老同志了，怎麼可以出點小事就抓住不放，還讓人工作不讓了？」

孟副省長笑了，他知道朋友讓呂紀出面說鄧子峰，是有一石兩鳥的意圖，朋友找呂紀，是在跟呂紀表明孟副省長這邊的勢力是傾向跟呂紀站在一起的，呂紀這才會出面維護孟副省長。

而鄧子峰就算接受了呂紀的說法，不對孟副省長怎麼樣了，估計心裏也會因此對呂紀產生看法，而埋下了兩人未來衝突的隱患。

孟副省長說：「對，你就去跟呂紀這麼說。」

第十章

熱門話題

孟副省長對劉強興之死成為熱門話題並不感到太擔心，
這只是一時的話題而已，總有一天會過去的，
現在的社會和網路，這種話題從來都不缺乏，
很快就會有新的話題出現，那時劉強興就會被人遺忘了。

朋友跟孟副省長通過這次電話之後，就沒了下文，孟副省長也不知道這個朋友是否跟呂紀說了這件事。鄧子峰對他的態度依舊，而呂紀這邊並沒有什麼動作出來。

孟副省長心中雖然很著急，但是他也知道上到朋友和呂紀這一層次的人，有些話是需要合適的時機才會說的，因此也只能耐心的等待著事情有轉機的那一天。

等待是很令人煎熬的，把他弄成現在這種滿臉黑氣的樣子，孟副省長心中暗自問候了鄧子峰十八代的祖宗，卻也沒別的辦法可想。

洗漱完，吃了早餐，孟副省長就準備去上班，這時他的電話響了起來，居然是國強置業的韓新國。

從裘新出事到現在，已經有些日子了，除了那一次好像是韓新國打來的沒頭沒尾的電話之外，兩人沒再聯繫過。

孟副省長對要不要接這個電話遲疑了一下，想了想，韓新國已經被有關部門找去問過了，既然他被放了出來，看來沒什麼問題了，接他的電話應該不會有什麼麻煩。

孟副省長就接了電話，說：「小韓啊，打電話給我有事啊？」

韓新國說：「省長，您現在在哪裡啊？」

孟副省長說：「我在家，正準備上班。」

韓新國說：「那一會兒我在辦公室等您吧，想跟您見個面。」

孟副省長猶豫了一下，電話聯絡和見面不一樣，還是在副省長辦公室這種公開的場合見面，是不是有點太扎眼了？

孟副省長就說：「小韓啊，有事可以在電話上說嘛，見面就沒這個必要了吧？」

韓新國笑笑說：「有些事還是見面說的好，省長放心，國強置業已經經過有關部門檢驗過了，沒問題的，我們又在那麼公開的場合見面，更說明我們心中沒鬼，就更沒有什麼好擔心的了。」

孟副省長想想也是，有些事他也需要跟韓新國當面說清楚，如果把見面場所安排在私人隱蔽的地方，反而會招人懷疑，不如索性大方見面，倒顯得磊落。

孟副省長便說：「我是想早上我很忙，恐怕沒多少時間能夠跟你談話的，既然你堅持要來，你就來吧，不過快點啊，我早上還有個活動的。」

韓新國笑笑說：「我的事情很簡單，幾句話就交代完了，用不了十分鐘的。」

孟副省長就去了省政府自己的辦公室，到達時，韓新國已經等在那裏了，孟副省長把他讓進辦公室。

坐下來後，韓新國笑笑說：「省長，這次讓您跟我受牽連了吧？」

孟副省長嘆說：「我現在什麼處境，相信你比我更清楚，鄧子峰處處拿這件事脅迫我，搞得我很被動。」

韓新國點點頭，說：「我知道您現在很被動，這件事情事發突然，我也沒想到劉強興會鋌而走險，向中紀委舉報了您和國強置業，這個是我防範不周，對不起。」

孟副省長瞅了韓新國一眼，說：「小韓啊，對不起沒有用，關鍵是要把問題徹底解決掉，不要老是讓問題留在那裏，威脅著我。」

韓新國說：「這我知道，我來就是告訴省長，我已經做了必要的安排了。裘新那邊，我給了他家人一筆數目不少的錢，讓他安心的坐牢。他是個聰明人，應該清楚他家裏搜出那麼多財物，他自己想要脫罪幾乎是不可能的，再去牽拖別人就沒有必要了，拿了我的錢，他就應該能閉上嘴的，想來對您是不會構成什麼威脅了。至於劉強興這一邊，我也找了人招呼他。」

孟副省長看韓新國臉上閃過一絲陰狠的表情，知道韓新國是要對劉強興下狠手了，便問道：「你想對劉強興幹嘛，可別給我再惹出什麼亂子來啊。」

韓新國說：「省長，我想對劉強興幹嘛，您還是不知道爲好，這傢伙跟我勢成水火，又知道那麼多事情，我必須讓他不能再對外瞎說八道才行。不過您放心，我這個人向來做事謹慎，不會惹出亂子來的。」

作爲一個成功的地產商，需要具備兩方面的實力。一方面，你需要跟相關部門的官員有著良好的關係，這樣你才會有活幹；另一方面，你也要有能彈壓地面的本事，不然的話，你項目開工了，地痞們來鬧事，你也一樣幹不好、幹不成，而韓新國就是這兩方面都玩得很轉的人。

孟副省長雖然知道韓新國不會對劉強興做出什麼好事來，但是他並沒有去阻止韓新國，他心裏跟韓新國的想法是一樣的，劉強興知道的事情太多了，如果不想辦法封住他的嘴，就算這次沒威脅到自己，總有一天也會威脅到的。這是一個心腹大患，必須剷除。

孟副省長便笑笑說：「小韓啊，我不管你做什麼，也不管你怎麼做，反正你把事情給我處理好，我不想再惹上什麼亂子了。」

韓新國拍拍胸脯說：「放心吧，我會把事情處理得很好的。」

孟副省長看了看韓新國，說：「那行，你就趕緊去處理吧，我馬上要去參加個活動，就不陪你了。」

韓新國就離開了。孟副省長坐在那裏發了一會兒愣，國強置業這件事已經糾纏他很長時間了，韓新國也不知道能不能把問題徹底解決掉，希望他趕緊把問題解決了，不然的話，他真是要被搞瘋掉了。

幸好，韓新國並沒有讓孟副省長等太久，在他去省政府見孟副省長的第三天，從收押劉強興的看守所傳出來一個消息，劉強興趁看守人員不防備時，上吊自殺了。

輿論一時譁然，看守所是對在押人員監管很嚴的地方，怎麼會出現在押人員上吊自殺的情況呢？媒體就出現了質疑的聲浪，認爲劉強興是被殺害的。

刑偵部門迅速對此展開了調查，不過調查結果令人很失望，警方確認劉強興的確是自殺身死的，至於爲什麼在監管這麼嚴的地方上吊卻沒被發現，是監管人員存在疏失，值班人員當時離開了，所以沒有及時發現劉強興的自殺行爲。

因爲劉強興的死，他被起訴行賄的案子也就結案了，而受賄的裘新，因爲少了最關鍵的證人，裘新自己的口供就成了孤證，檢方無法以受賄罪起訴他，只好撤回對他的起訴，將這部分收入併入財產來源不明罪裏面。

很多人都懷疑劉強興的死與韓新國有關，傳說在劉強興上吊自殺的前幾天，有人看到韓新國請看守所的所長吃飯，兩人相談甚歡，有人就說，韓新國請看守所的所長吃飯，就是爲了密謀殺死劉強興。

由於這裏面牽涉到看守所，牽涉到警方，事情追到看守所，就沒辦法繼續往下追下去了，不得不終止，線索和證據都掌握在警方手裏，警方的結論就是最後的結論，也就是劉強興是自殺身亡的。

孟副省長對劉強興之死是心中有數的，他對劉強興之死成爲熱門話題也不感到太擔心，這只是一時的話題而已，總有一天會過去的，現在的社會和網路，這種話題從來都不缺乏，很快就會有新的話題出現，那時劉強興就會被人遺忘了。像褚音之死一樣，就算這些人再鬧騰，他們也奈何不了他的。

張琳重回自己主政的地方，心中感慨萬千，作爲曾經的海川市市委書記，那時候他在這裏是意氣風發的，海川市這些官員們哪一個見了他不是滿臉的媚笑？從裏到外都是那種討好的意味。現在這些官員臉上仍然是掛滿微笑，但是這種微笑很敷衍，只要你一不看他們，他們臉上的笑容就沒有了。

現在官員們臉上的笑容是給他身邊的莫克的，莫克才是現任的市委書記，才是真正的實權人物，雖然莫克對他畢恭畢敬，但張琳心中明白，莫克的畢恭畢敬也是場面上的。

張琳有點後悔來參加這場城邑集團的開工儀式了，他不該同意跟莫克一起參加這個儀式的。今天的主角是莫克，他在這裏，就好像一位退位的老國王見證新王的加冕一樣，別人對他越是客氣，他心裏的感受越是晦澀。

莫克並沒有感覺到張琳的失落，他對張琳表現得十分尊重，熱情地跟張琳握手，親熱地寒暄招呼著，說：「老書記，你離開海川後，就沒有再回來看看，很不應該啊。」

老書記這個稱呼讓張琳很不高興，心說我比你大不了多少，怎麼叫我老書記呢？

他對莫克責備他沒有回來看看，心裏也很不舒服，莫克這個口吻，就像父母在責備孩子說，你看你這孩子，怎麼都不回來啊。好像莫克的身分高於他一樣，張琳心說：我雖然沒實權，總是比你高一級，你有什麼資格來這麼說我啊？

張琳雖然在心中自怨自艾，臉上卻帶著笑容說：「莫書記這話說的，我這不是回海川來參加城邑集團的開工儀式了嗎？」

莫克笑笑說：「那是您給城邑集團束董的面子，可不是給我們海川市的面子啊。海川市的同志們可是很期待老書記能回來指導一下我們的工作的。」

張琳明白莫克這些話不過是惠而不費的廢話，這麼說只不過是對前任領導表示一種尊重而已，千萬不能當真。

本來這種場面話隨便應付過去就是了，但是張琳心中對海川一直有一根刺，就冷笑著說：「恐怕海川市有些同志是不歡迎我回來的吧？」

在場的人心裏都清楚，張琳所說的有些同志，指的就是海川市市長金達，據說這兩人現在是王不見王，公開場合碰到彼此，連招呼都不會打的。

莫克也知道張琳心中的疙瘩是什麼，不過他不想跟著張琳的話題深入下去，張琳這麼說，讓他有點瞧不起他，官場上向來是成王敗寇，輸了就要認輸，你鬥不過人家是你沒本事，背後裏發這些沒有用的牢騷幹什麼？只會讓人更看不起。

他便笑了笑說：「怎麼會呢，老書記，海川市有今天，您也是居功甚偉的，沒有人會不歡迎您的。」

一旁的東濤也覺得張琳今天說話有點酸溜溜的，就趕緊說：「時間差不多了，我們去主席台就座吧。」

一行人就去主席台坐了下來，因爲有張琳和莫克的到來，海平區幾大班子的領導全數到場，主席臺上坐得滿滿的，東濤首先致辭，歡迎領導們的光臨，以及領導們對城邑集團的大力支持，然後就請省政協副主席講話。

這麼多領導在場，讓誰先講、誰後講，是需要動一番腦筋的，安排不好的話，就會得罪人。讓張琳先講，是尊重副省級的身分；張琳先講了，就需要讓莫克做壓軸最後講，兩者才能平衡。

張琳在講話中，先是稱讚了城邑集團這些年對海川經濟的貢獻，也對東濤對省政協工作的支持表示讚賞，然後就是對海平區這個項目的期許……這些都是套話，照本宣科，張琳講的是有氣無力，聽的人也是無精打采的。

講完後，海平區的區委書記接著講了話。最後輪到莫克，他也表揚了城邑集團爲海川經濟作出的卓越貢獻，期許城邑集團未來能夠爲海平區經濟帶來更大的發展。

講話結束，莫克這些領導們，每個人都拿著一把鐵鍬，然後挖了一鏟土澆到奠基石上，到此儀式就算順利的結束了。

儀式結束後，束濤和海平區的領導們就邀請張琳和莫克留在海平區吃午飯，本來張琳是準備留下來的，但是這一上午他看到了下面這些官員對待他與往昔的不同之處，他心裏很不是個滋味，讓他覺得再留下來似乎就是爲了蹭這頓飯似的。越發地覺得沒意思，就堅持說下午還有活動，非要趕回齊州不可。

束濤也察覺到張琳的情緒不是太好，也就沒強留他。

張琳走了後，剩下來最高級別的官員就是莫克了，但是莫克不想讓別人覺得他跟束濤關係密切，想要避嫌，就說他也要急著趕回海川，謝絕了海平區領導們的挽留，坐車回海川了。

最後只留下束濤陪著海平區的領導們吃了頓飯，這開工儀式就有點虎頭蛇尾，束濤心中難免有些無趣。

莫克不想在公開場合跟他走得太近他能理解，而張琳就有點做作了，竟然連頓飯都不肯吃，這難免會讓海平區的領導們看輕他束濤的。

不過，只要莫克出現在儀式上就足夠了，今天莫克適度的表現了對城邑集團的支持，已經給海平區的領導們留下了足夠的影響，加上前段時間他跟莫克夫人往來甚密，海平區的這些領導們都不是傻瓜，肯定不會認爲那段往來僅僅只是他跟莫克夫人之間的事，他和莫克的關係已經可以給海平區這些官員們足夠的想像空間了，相信這個項目的運作肯定不會受到什麼干擾，起碼官方是不會來干擾了。

齊州，省委書記呂紀辦公室。

呂紀看了看坐在他對面的鄧子峰，說：「老鄧啊，這一直以來都忙忙碌碌的，也沒時間跟你交流一下，怎麼樣，對東海這邊還習慣吧？」

鄧子峰看了一眼呂紀，他不明白呂紀把他專門叫來是幹什麼，呂紀不會是專門找他來交流的，一定是有什麼事情要跟他談，他便笑笑說：

「剛來時是有些不太適應，這邊的氣候比起嶺南來乾燥很多，讓我有點上火。不過現在已經慢慢有些適應了。」

呂紀點點頭說：「這點我也感同身受，北方跟南方最大的區別就是氣候乾燥，卻沒有南方那種喜歡煲湯的習慣，更沒有什麼上火的概念。我剛來這邊的時候，跟這邊人說想吃點蔬菜，他們給我拌了個黃瓜就當是蔬菜了。」

鄧子峰笑了，說：「是啊，這邊的人大魚大肉慣了，還真是不知道什麼是蔬菜呢。不過這只是生活上的一點小麻煩而已，慢慢會適應的。」

呂紀說：「是啊，生活上的麻煩慢慢會適應的。工作上沒什麼問題吧？」

鄧子峰笑了笑說：「呂書記啊，您究竟想跟我談什麼啊？我這個人性子比較直，喜歡有話直說，您別跟我繞彎子了好不好？」

呂紀笑說：「老鄧啊，我不是想跟你繞什麼彎子，而是這件事我有點不太好說，我說了你可別誤會啊。」

鄧子峰趕忙說：「呂書記，看您這話說的，我們現在是在一起搭班子，什麼話不能直說啊？」

呂紀聽了說：「那我可說啦。」

鄧子峰說：「您但說無妨。」

呂紀遲疑了一下說：「是這樣子的，昨天我接到一位高層的電話，談到你跟老孟之間的問題，說你最近一點點小事就猛批老孟，搞得老孟在省政府一點威信都沒有，已經無法開展工作了。」

鄧子峰愣了一下，他沒想到呂紀找他來，居然是要跟他說他批評孟副省長的事，呂紀這麼做是為什麼？是真的有高層找他抱怨？還是在借題發揮呢？

鄧子峰看了看呂紀的表情，想從呂紀的表情中看出呂紀的真實意圖，可是他並沒有看出什麼來，就說：「怎麼，老孟找上面告我的狀？」

呂紀笑笑說：「也沒到告狀這麼嚴重了，只是覺得你可能要求的太嚴了一點。」

鄧子峰聽了說：「那呂書記，您的意思是讓我怎麼做啊？」

呂紀笑了笑說：「老鄧，你可別誤會啊，不是我的意思要你怎麼做，而是那位高層找到我說了這件事，你看，今後是不是注意一下工作方法？」

鄧子峰又看了一眼呂紀，他心中有點不高興，呂紀這麼講，會讓他下面的工作很難進行的。他在省政府要怎麼開展工作，似乎還輪不到他來指手畫腳。不過，他也不值得為了這件事就跟呂紀發生衝突，那樣就正中孟副省長的下懷了。

鄧子峰笑笑說：「呂書記您說的是，今後我會注意一下的。」

呂紀看出鄧子峰話說的有些勉強，他卻不得不這麼做，給他打電話的那位高層，他欠對方人情，因此對方現在提出這件事，他無法拒絕。

呂紀說：「老鄧啊，老孟是個老同志了，在年輕同志面前臉皮薄，你體諒一下，給他留點面子吧。」

鄧子峰點點頭，說：「我知道該怎麼做了。」

鄧子峰就離開了呂紀的辦公室，回到省政府，正好看到孟副省長在辦公室沒有出去，就去了孟副省長的辦公室。

雖然鄧子峰在呂紀面前表現得很平靜，但是心中卻很惱火，這個罪魁禍首不是別人，正是孟副省長。

孟副省長看到鄧子峰來了，趕忙站了起來，說：「省長有事找我？」

做啊？」

鄧子峰笑笑說：「沒什麼事，就想跟你聊聊，坐。」

兩人就對面而坐，孟副省長看了看鄧子峰，說：「省長，是不是有什麼工作需要我去做啊？」

鄧子峰說：「不是的，老孟，就是想跟你談談心。誒，老孟啊，我們一起工作時間也不算短了，你看我有沒有什麼地方做的不好或者不對啊？」

孟副省長看了鄧子峰一眼，覺得鄧子峰今天有點怪怪的，聯想到鄧子峰剛剛從省委那邊回來，是不是他北京的朋友已經跟呂紀說了？呂紀批評了鄧子峰，鄧子峰這才會找上門來跟他談心的？

孟副省長趕忙說：「省長，您來我們東海省所做的工作成績可是有目共睹的，沒什麼不好或者不對的地方啊？」

鄧子峰說：「老孟啊，你別這樣子，有什麼說什麼，別不好意思。」

孟副省長笑笑說：「我沒不好意思啊，真是挺好的。」

鄧子峰又問：「那我對你個人有沒什麼做得不對的地方？或者是說我工作作風方面，有沒有需要改進的地方？」

孟副省長還是說：「沒有啊，都挺好的啊。」

鄧子峰看著孟副省長，說：「真的嗎？老孟啊，現在就我們倆人，有話你可以直說，有什麼意見，或者我什麼地方做的不好，直接說出來。」

孟副省長點點頭說：「當然是真的了，沒有啊。」

鄧子峰臉沉了下來，說：「老孟啊，我沒想到你這個人這麼不實在。你說我們在一起共事，有什麼話不能直截了當的說，你怎麼還跟我玩上了當面一套背後一套的把戲啊？」

孟副省長猜到他的朋友真的是去找了呂紀，不過他不好直截了當的承認，便苦笑著說：「省長啊，我真的不清楚您在說些什麼，我沒有跟你玩當面一套背後一套的把戲。究竟是怎麼回事啊？這裏面是不是有什麼誤會啊？」

鄧子峰覺得孟副省長是揣著明白裝糊塗，他看了一眼孟副省長，說：「老孟啊，你真的不知道是怎麼一回事嗎？」

孟副省長堅決的搖了搖頭，說：「我真的不知道，您趕緊告訴我怎麼一回事吧。」

鄧子峰說：「老孟啊，最近這段時間，我可能對你比較嚴厲了些，原因是什麼呢，是因爲我這段時間觀察下來，發現我們省政府的同志工作作風極爲散漫，不負責任，我就很想扭轉這個局面，我覺得你是老資格的幹部了，如果你能起到表率的作用，我們省政府的工作作風馬上就能爲之一變，所以對你的要求就嚴苛一些。我以爲你該會理解我的苦心，所以就沒有多跟你溝通。誰知道你竟然因爲這個，對我產生了很大的意見和看法。」

孟副省長心中暗罵鄧子峰狡猾，說得那麼好聽，什麼爲了扭轉省政府的工作作風，根本就是抓住裘新事件借機打擊我的勢力，當我是傻瓜啊？但是他臉上卻是一臉的困惑，說：「省長啊，您這可是誤會了我，我沒有對您產生什麼看法和意見啊？」

鄧子峰不滿地看了一眼孟副省長，說：「老孟啊，到這時候你還不跟我說實話啊？呂書記剛才都批評我了，說是北京有位領導跟他抱怨，我有一點小事就批評你，搞得你工作都無法進行了。老孟，難道這些不是你說的嗎？」

孟副省長一拍腦門，說：「哎呀，我可被這個朋友給害死了，這是前幾天我喝了點酒，正好北京的朋友打電話來，問我近來情況如何，我當時因爲工作做得不好有點煩躁，就跟朋友發了幾句牢騷，發過之後，我就把這件事放在腦後了，沒想到被我的朋友誤會，還以爲是您對我苛刻呢，他竟然還去找了呂紀書記。嗨，這個誤會可鬧大了。對不起省長，回頭我馬上找我朋友和呂紀書記解釋一下，把這誤會消除掉。」

鄧子峰心知孟副省長所說的話根本就是騙人的，但表面上笑了笑說：

「原來還真是誤會一場啊，那就好辦了，你也不用找呂紀書記和你朋友解釋了，我們心裏清楚就行了。以後呢，我有什麼地方做得不好的，你也可以直接找我反映一下嘛，我一定有錯就改的。」

鄧子峰話雖然說得輕鬆，但是孟副省長卻感覺到陣陣寒意，鄧子峰這是在提出嚴厲的警告，叫他不要再找什麼高層反映情況了。

孟副省長乾笑了一下，說：「我以後會注意的，不會再跟朋友隨便說話了。」

鄧子峰笑笑說：「這就對了嘛，這些問題我們可以內部解決，沒必要鬧出去丟自家的人。行了，你忙吧，我回自己辦公室了。」

鄧子峰就離開了，撂下孟副省長一個人坐在那裏心情很是鬱悶，看來朋友想的這個招數並不如預期那麼好用，顯然鄧子峰對他的意見更大了。也許今後鄧子峰不會再公開批評他，但是一定會對他更加冷淡的。

現在唯一的指望就是鄧子峰能夠跟呂紀產生衝突，但這是要等待一段時間才會顯現出來的，目前來看，孟副省長也只好聽朋友的話，耐心的等待了。

北京，湯言的辦公室。

湯言的雙眼緊盯著海川重機起伏不定的K線圖，滿臉烏雲密佈，他想要拉升海川重機的股價遭受到對手盤的強烈狙擊，他知道蒼河證券那些人開始對他展開獵殺了。

湯言要從海川重機股票的二級市場獲利，必須儘快拉升，這支股票在他手中已經捂了一段時間，他的資金成本很高，僅僅幾個漲停還不足以讓他獲取豐厚的利潤，他必須在股市上做更多的操作才行。

他需要做一些對倒的操作，把股價拉升到一定的高度之後，形成追漲的假象，才能往外派發手裏的籌碼。

要是沒有蒼河證券這些傢伙的存在，他要做這些操作輕而易舉，但是現在有了蒼河證券這些人，他要做對倒顯然難度加大了很多，他需要注意在對倒的過程中，不讓蒼河證券把他的籌碼給吃掉。如果讓蒼河證券把他的籌碼吃掉，哪怕是一部分，他這次重組海川重機基本上就等於是爲他人作嫁了。

但是顯然蒼河證券已經吃準了他這一點，處處針對這一點出手狙擊他，湯言這些年來馳騁股市，從沒畏懼過任何對手，但這一次跟以往不同，以往是他摸準對方的脈搏，對方受制於他：現在完全反過來，是對方摸準了他的脈搏，讓他處處縛手縛腳。

湯言很不喜歡這種感覺，卻也沒辦法，他知道出來混總是要還的，對手這麼狙擊他，也是當年他給對方造成了很大損失的結果。

他現在不敢打壓對手洗盤，對方肯定是憋著勁等著要吸收籌碼呢。想了一會兒，湯言決定索性拉一次漲停試試，看看對手在漲停板處有沒有設防；如果對手沒有設防封堵，那他就乾脆來一次對敲，先把手頭的籌碼倒一次手再說。

於是湯言就吩咐操盤手在漲停板處掛幾個小單，看看對方有什麼反應。沒想到漲停的單子剛掛上去，瞬間就被消滅掉了，隨即在漲停板處出現了大量的買單。

湯言感覺到後背涼颼颼的，對手已經緊緊地盯死了他，如果這時候他在漲停板處對倒的話，將會有很大一部分的籌碼被對手吃掉，這幫傢伙可是是夠狠辣的。

湯言的頭大了，海川重機重組這一役恐怕將是艱苦絕倫。他必須認真的思考一下要如何打破這個僵局，不然的話，對方這麼跟他耗，也能把他給耗死。

幸好現在已經是下午快要收盤的時間，倒不急於再做下一步的動作。

收盤後，湯言坐在辦公室裏呆呆的看著螢幕上的海川重機K線圖，腦海裏想著怎麼才能從眼前的困局裏解脫出來，然而，想了半天還是一籌莫展。

湯言乾脆收拾東西離開了辦公室，發動了車子之後，心中好一陣的迷茫，心說我這是準備去哪裡啊？

平常這個時候，湯言都會去鼎福俱樂部，但是今天他不想去鼎福俱樂部，因爲去了那裡的話，他又要面對方晶探究的眼神。

方晶最近對海川重機的股價盯得很緊，只要見到湯言就會問海川重機的進展。湯言只能支支吾吾的敷衍方晶。但是方晶也很精明，從湯言的支吾當中感受到一些不好的苗頭，對湯言的盤問越發多了起來。

遲疑了一會兒，他把車子開出公司，現在的時間接近下班，他準備去傅華那裏看看，跟傅華聊聊。駐京辦那邊也有餐廳，順便還可以在那裏解決掉晚餐的問題。

到了駐京辦，傅華還沒有離開，正收拾著準備下班呢，看到湯言來了，開玩笑說：

「湯少這個時候跑來，不會是請我吃飯來的吧？」

湯言笑笑說：「被你猜中了，我還真是來找你吃飯的。我聽小曼說，你們這裏的海鮮還不錯，就想過來嘗嘗，怎麼樣，陪我一起吃吧？」

傅華看了湯言一眼，湯言的臉色有點難看，他猜到湯言是因爲海川重機的事受了挫折，才會跑來吃飯的，便說：「你湯少難得看得上我們的餐廳，那我就陪你吃吧。」

兩人就下去餐廳，隨便點了幾個菜，又叫了一瓶葡萄酒，吃了起來。

傅華忍不住問湯言說：「湯少，是不是海川重機操盤的很不順利啊？」

湯言老實的點點頭，說：「我也不瞞你，確實很不順利。我這次碰到硬手了，對方盯得我很緊，我幾次想倒倉都沒敢，擔心被他們把籌碼給截了去。說起來，這都是你們害我的，要不是工人們搞那麼多事出來，我也不會把戰線拉得這麼長，被人摸清了底牌。」

傅華聽了說：「湯少，你這話我就不愛聽了，你在接手海川重機的時候，就應該事先考慮到的，現在出了問題，也應該怪你自己考慮不周，怪不得我們的。」

湯言嘆說：「是啊，這點我承認，我當初進入海川重機是有些倉促，很多地方考慮的都很不詳盡，所以才會這樣處處被動。」

傅華說：「你那時候多少是有點針對我的意思吧？」

湯言點點頭，承認說：「是，我是有針對你的意思，現在看來有點意氣用事了，你看我現在這個樣子，是不是覺得很好笑啊？」

傅華笑說：「我還沒那麼小心眼。看來你這次是真的遇到難題了，不然的話也不會這麼消沉。」

湯言說：「我還沒到消沉的程度，事情是有點難度，主要是因爲對方很瞭解我的路數，處處能夠搶先我一步，搞得我很被動，我一時之間想不出要怎麼對付他們。」

傅華想了想說：「既然你知道對手是誰，對方的路數你也應該很瞭解，爲什麼不能想出點反制的辦法呢？你也可以揣摩對方的心理啊？看看對方是怎麼想的，然後對症下藥。」

湯言笑了，說：「對症下藥，這話說起來簡單，做起來就很難了。我很明白對方在想什麼，但是有什麼用呢，我還是想不到好辦法解決這個問題。」

傅華說：「既然你知道對方的想法，那就反其道而行之不行嗎？」

湯言搖搖頭，無奈地說：「我現在是兩頭堵，打壓也不是，拉升也不是，對倒倒不了，基本上無路可走。」

傅華說：「怎麼會無路可走呢？不可能的，總是會有解決辦法的。」

湯言笑說：「你說總會有解決的辦法，那你說個辦法給我聽聽啊？」

傅華失笑說：「我對你們證券這行操作的套路又不通，我能給你說個什麼辦法啊？」

湯言沒好氣地說：「既然你沒有辦法可想，就別說那種總有解決辦法的輕巧話。我這幾天都在想辦法，想來想去還是沒有頭緒。」

傅華解釋說：「湯少，你想過沒有，反其道而行之，並不是簡單的在打壓拉升上面，而是在操作的思路上面。」

湯言愣了一下，說：「這是什麼意思啊？」

傅華建議說：「你看，在股票操盤方面，你和對手都是行中的高手，想的辦法都很複雜，你如果能改變這種思維模式，儘量把問題簡單化，是不是就有辦法了？」

湯言說：「儘量簡單化？」

傅華說：「對啊，比方說你做對倒，不一定要一下子通過大單全部倒手，你可以分成很多小單。」

湯言笑笑說：「這就是你不懂了，小單的風險更大，被對方截取籌碼的機率更高。」

傅華笑說：「湯少，我對股票肯定沒你精通，但是一些基本的操作我還知道一點，你應該知道集合競價這個東西吧？」

上交所、深交所每個開盤日定在上午九點十五分到九點廿五分，大量買或賣某種股票的資訊都輸入到電腦內，但此時電腦只接受資訊，不撮合資訊。在正式開市前的一瞬間（九點半）電腦開始工作，十幾秒後，電腦撮合定價，按成交量最大的首先確定的價格，產生了這支股票當日的開盤價，並及時反映到螢幕上，這種方式就叫集合競價。

通過集合競價，可以反映出該股票是否活躍，如果是活躍的股票，集合競價所產生的價格一般較前一日爲高，表明賣盤踴躍，股票有上漲趨勢。如果是非活躍股或冷門股，通過集合競價所產生的價格一般較前一日爲低，賣盤較少，股票有下跌趨勢。

集合競價除了反映股票是否活躍之外，還可以事先讓操作者掛上買單或者賣單，如果操作得好的話，能夠在開盤的幾分鐘之內完成閃電對倒。而在剛開盤的幾分鐘之內，對手也許還沒什麼防備，能夠截取籌碼的機率很低。

這種倒倉的方式極爲簡單粗糙，通常是一些新手才會這麼做。正因爲如此，像湯言和蒼河證券這種業內的高手才不會拿這個當回事，也就不會事先防備。

湯言也是冰雪聰明的人，馬上就明白了這其中的奧妙。他來找傅華，本來是有點百無聊賴，他生性傲慢，沒幾個人能跟他做朋友，他找不到別的地方可去才來找傅華的，沒想到竟然從傅華這裏找到了解決問題的鑰匙，心裏別提多高興了。

湯言高興地說：「傅華，你真行啊，一語驚醒夢中人。」

傅華笑笑說：「不是我行，而是我沒像你們想的那麼複雜。不過，這個辦法只能解決對倒的問題，而且玩一次之後，對方恐怕就會有所防備了，還是無法徹底解決你的問題。要想徹底解決，我看你還是跟蒼河證券那邊溝通一下吧，你們合作才是解決這個問題的最好方法。」

湯言說：「這個現在還不急，除非沒別的辦法可走了，我才會考慮這一步的。誒傅華，我今天在你這裏說的話，你可不要跟方晶講啊。」

傅華點點頭說：「知道了，看你跑到我這裏來吃飯，而不去鼎福，我就知道你不敢去見方晶了。」

湯言笑了，說：「不是我不敢見她，而是她實在太煩人，老問股票操作的事。這個女人，真是麻煩啊。」

第二天上午，湯言果然按照傅華所說的辦法搞了一次精準的倒倉，在開盤的五分鐘之內就完成了倒倉。

因爲昨天對手將海川重機拉到了漲停，湯言的倒倉價格就是在昨天漲停的價位上又加了一點。他不但沒有損失籌碼，同時還把股票的價位拉升了，在目前來看，他持有的海川重機的股票帳面價值增值了不少，他算是取得了第一步的勝利。

這次勝利讓湯言感到十分的振奮，事情原來也不是像想像的那麼難，他高興地打了電話給傅華，說：「傅華，謝謝你，我按照你的辦法，已經成功的完成了倒倉，估計這會兒蒼河證券那幫傢伙正氣得肚子疼呢。」

傅華說：「你先別急著謝我，估計你這次又耍了對方一下，對方會更恨你了。」

湯言笑笑說：「我也知道這只是第一步，下面還有很多事要做。不過，這次成功的倒倉，實現了股票帳面價值的增值，我暫時可以對方晶那邊有個交代，也可以緩口氣了。有這個緩衝，我就可以想出辦法來整死蒼河證券那幫傢伙了。」

傅華見湯言發狠說著，勸說：「湯少啊，你可別忘了當初你是怎麼整人家的，得饒人處且饒人吧。」

湯言冷笑一聲，說：「我可沒你那麼善良，這次他們是針對我來的，我如果放過他們，豈不是讓他們覺得我湯言是好欺負的了？」

湯言桀驁不馴的個性又顯現了出來，傅華暗自搖頭，心說這傢伙受的教訓還是不夠啊。

海川，金達辦公室，孫守義和金達正在談話。

孫守義說：「市長，昨晚的東海省新聞聯播你看了吧？」

金達說：「你是想說城邑集團上了省新聞聯播的事吧？」

城邑集團能上省級新聞聯播，是沾了張琳的光，張琳是副省級領導，所參加的活動經常會出現在省級新聞聯播中。

孫守義點點頭，說：「不光是城邑集團，還有我們的莫克書記，他有必要把城邑集團拔高到那種程度嗎？什麼對海川經濟做出了卓越的貢獻，束濤的貢獻有那麼大嗎？再說，莫克書記也不知道檢點些，城邑集團剛才鬧出私下和他老婆會面的事，輿論都還沒平息呢，他就跑去參加城邑集團的開工儀式，什麼意思啊？這讓下面的同志怎麼看這件事啊？」

金達笑說：「老孫啊，那不是省政協的同志來了嗎，他應該是陪同張琳才去參加的。」

孫守義不以爲然地說：「那只是個藉口罷了，主角應該還是莫克書記。誒，市長，我聽說那天張琳在海平發牢騷，說有些人不想他回來，這有些人大概是指您和我吧？」

金達笑了，他和張琳之間的芥蒂始終沒法消除，張琳對他有怨言也很正常，就說：「老孫啊，咱們幹好自己的工作就好了，別去管張琳同志說了什麼啦。誒，最近舊城改造項目拆遷進展的如何啊？」

舊城改造項目是在金達的主持下讓丁益和伍權的公司得標了，金達對此就很關心，不管金達願不願意承認，海川政壇上還是把丁益和伍權算作是金達的人，他們能夠拿到改造項目，也被認爲是因爲金達的支持。他擔心丁益和伍權沒辦法處理好拆遷的事宜，如果處理不當發生什麼，他這個讓他們得標的人也會受牽連的。

孫守義回說：「進展很慢，現在房價那麼高，把拆遷戶們的胃口養得很高，都在漫天要價，丁益和伍權被搞得焦頭爛額的。」

金達聽了說：「你告訴他們，不管怎麼樣，就算是再焦頭爛額，也要做好群眾的工作，儘量說服他們，千萬不要動粗。」

孫守義笑笑說：「這一點您倒是可以放心，丁益和伍權都講過，沒有市長的支持，他們是拿不到項目的，他們一定會盡力做好這個項目，以報答您對他們的信任。」

金達忍不住失笑說：「他們說得倒好聽，不過光說不行，還要看他們的實際行動。再是舊城改造項目確實是一根難啃的骨頭，非得要打起十二分的精神來才行。現在上上下下都在看著我們呢，千萬別出什麼閃失。」

金達一再叮囑孫守義要處理好舊城改造項目的拆遷問題，一方面確實是他對此有所擔心，怕丁益和伍權搞出什麼強拆的事件來，另一方面，最近莫克因爲雲泰公路項目有所進展，在海川聲勢有所抬頭，如果舊城改造項目這時出了什麼紕漏，那就等於給了莫克一個還擊的大好機會。剛剛還陽過來的莫克一定會抓住這個不放，成爲打擊他的口實。

孫守義說：「市長您放心吧，這兩人辦事都算是靠譜的。」

孫守義離開後，金達站了起來，走到窗戶邊，看向窗外，市政府辦公大樓地勢很高，從金達辦公室看出去，可以鳥瞰整個海川市區。

這就是自己主政的地方，看著它，金達心中就莫名浮起一陣親切感。原來人在一個地方待久了，是會產生感情的，金達現在已經有跟海川市同呼吸共命運的感覺了。

他希望能在這個城市有所作爲，讓這個城市打上自己的烙印。將來有一天海川市的市民提起他，就會說他是一個很有作為的市長，為海川市做了不少的事。

但眼下他這個想法卻很難實現，莫克處處針對他這個市長，甚至他要拍人家的馬屁，還被人家踢了一腳。某種程度上，金達感覺莫克還不如張琳呢。

對此，金達心中十分無奈，權力這個東西是一個多面體，既有強大的一面，也有脆弱的一面。在公眾眼中，他這個市長似乎很強大，整個海川都在他的掌控之下，實際上，他在很多方面是受制於人的，他必須小心的做事，否則一紙公文隨時都能把他從這個位子趕下臺去。

面對莫克，金達就常常有一種受制於人的感覺。

如果金達真的豁出去的話，莫克並不是他的對手。目前制約著金達的是呂紀，呂紀一直想要莫克做出點成績來給其他人看看。原因很簡單，就在於莫克是他推薦出來的，呂紀必須向社會證明他選擇莫克出任這個市委書記沒有錯。

這恰恰造成了今天金達被動的局面，金達沒有跟呂紀作對的可能，因此他也只能忍受著莫克的一些做法。

有些時候，事情是很詭異的。本來嘛，莫克只是呂紀推薦出來的一個過渡性的人物，如果莫克本本分分的做好自己的工作，不出什麼岔子，呂紀對此是不會有什麼干涉的。

也許他做完這一屆市委書記，就會被呂紀安排到別的位置上去，騰出位置給金達。

這應該也是郭奎和呂紀之間的一個默契，沒什麼特別的情況，呂紀是會按照這個默契去做的。

但是現在出現了特殊的情況，莫克做了市委書記，新富乍貴，就不知道自己該做什麼了，一改往常的低調，自作聰明的想要做點事情出來，結果接連出現狀況，搞得呂紀這個推薦人飽受詬病。

為了維護自己的聲譽，呂紀不得不出來維護支持莫克。一個過渡性的人物反而成了政治舞臺的重點人物，迫使呂紀和金達都不得不受他牽制。

呂紀出面維護莫克，金達就無法對莫克有什麼反對意見了，如果他這時候再跟莫克鬧什麼意氣，越發會讓東海政壇上的人質疑莫克的領導能力，而這些質疑最終會歸咎在呂紀身上，那樣導致的結果，就不是金達跟莫克鬧意氣，而是跟呂紀鬧意氣了。顯然金達沒有這個膽量，也就只能處處受制服從莫克。

偏偏莫克覺得他出的狀況都是金達在背後害他的，就憋著一股勁想怎麼對付金達。

後來發生傅華被人舉報的事件，金達心中很擔心莫克會借題發揮，大肆做傅華的文章，從而換掉傅華駐京辦主任的職務。所幸莫克還算知機，知道那些用來舉報的照片根本就站不住腳，對舉報信採取了置之不理的態度，這才避免把金達逼上跟他直接決裂的地步。

雖然如此，金達心中並沒有輕鬆多少，就眼前態勢發展來看，莫克跟束濤這幫人越走越近，而束濤和孟森跟他和孫守義之間明顯是對立派，他跟莫克的衝突還是難以避免的。

同時，金達也看出孫守義言語中對他一直這麼忍讓莫克很不滿，外面也有不少人對此議論紛紛，說他這個市長變得越來越軟弱了，甚至被莫克欺負到頭頂上都不還擊，簡直撐不起市政府這片天來了。這些議論讓金達更加的被動。

可是要如何既不跟莫克翻臉，又能維持住部屬對他的信心，這個分寸很難拿捏。金達對此十分頭痛，他並不是一個善於玩弄政治手腕的人，無法像莫克那樣一面批評金達幫他老婆安排工作，另一面事後還能找上門來再讓他幫忙。

這一點，金達也不得不佩服莫克，連臉都可以不要的人，真是無敵。

金達幫忙後，莫克也沒有因此感激他，對待他依舊跟原來一樣。這種人似乎不知道什麼是感恩，眼中只有利益，你對他再好也換不來相應的回報。

金達就更加鬱悶了，他不知道跟莫克相處，要持一種什麼樣的態度。不過幸好呂紀雖然很幫莫克，但是對莫克並不是十分的信任。他對莫克的支持應該只是迫於形勢的權宜之計。相信呂紀如果有什麼辦法能夠解套的話，他可能很快就會放棄莫克的。這讓金達多少好受了些。

這次莫克去北京尋求發改委領導的支持，效果非常令他滿意，再出現在海川市委的莫克行走間就有了幾分趾高氣昂，有點故意向金達示威的意味。

莫克這麼做，金達不但不生氣，反而很高興，他喜歡看到莫克這種小人得志的面孔，這不但讓金達感覺好笑，還讓金達清楚的瞭解到莫克有多麼的淺薄。

莫克的趾高氣昂，也預示著雲泰公路項目很快就能得到發改委的批准，金達覺得這對海川市來說是一件好事，但是對莫克來說，可能就是一件壞事了。

他之所以這麼認爲，是基於金達對莫克來海川這段時間所作所爲的觀察。雖然莫克在公眾場合開口閉口都是什麼原則什麼自律之類的大道理，但是莫克給金達的真實感覺卻與此截然相反，衝著莫克對前妻朱欣的表現，金達就清楚莫克絕對不是什麼守原則的人。

而這個項目既然是莫克出面爭取來的，相信莫克到招標的時候，一定會把主導權給拿過去的。那等待莫克的，將是一批商人的利誘攻勢，就莫克現在的這個表現，金達不相信他能守得住底線。

再說項目如果真的下來的話，各方的勢力一定會群起而爭，到時候打招呼託人情的會有一大批，想要擺平這些，沒有一點手腕是很難辦到的。辦不好反而會惹下麻煩。所以很多聰明的官員都不願意主抓項目的招標權，他們擔心的就是項目背後牽涉到的豐厚利益，這豐厚的利益往往是雙刃劍，掌握不好，就會傷到自己。如果莫克把項目的主導權拿過去，麻煩就是莫克的了，到時他要怎麼掌握其中的分寸，夠他頭痛好一陣子的了，反而自己可以樂得清閒。

金達看向窗外的眼裏有了笑意，現在海川局勢越來越有意思了，一台好戲馬上就要拉開帷幕了。既然他現在無法作爲主角演員有所作爲，那他索性就躲在一旁看別人表演，也未嘗不是一件樂事。他倒想看一看，莫克將會爲海川帶來一場什麼樣的好戲。

請續看《官商鬥法》Ⅱ 11 權力大黑手

官商鬥法
第二輯
揭開你不知道的官場文化
探密你不敢看的官商內幕
官與商如何勾結？官與官如何相護？
官商之間又是怎麼鬥法？不能說的潛規則怎麼運作？
人生勝利組必備傳家心法！
何謂為官之道？商路直通官路？
打通政商二脈；經營最高境界！
姜遠方 著
1 權力障眼法
2 神奇第六感
第一輯 共20冊 第二輯 陸續出版中
單書9折 套書85折

官商鬥法II 十 風雲大變幻

作者：姜遠方
發行人：陳曉林
出版所：風雲時代出版股份有限公司
地址：105台北市民生東路五段178號7樓之3
風雲書網：http://www.eastbooks.com.tw
官方部落格：http://eastbooks.pixnet.net/blog
Facebook：http://www.facebook.com/h7560949
信箱：h7560949@ms15.hinet.net
郵撥帳號：12043291
服務專線：(02)27560949
傳真專線：(02)27653799
執行主編：朱墨菲
美術編輯：風雲時代編輯小組

法律顧問：永然法律事務所 李永然律師
北辰著作權事務所 蕭雄淋律師

版權授權：蔡雷平
初版日期：2016年7月
初版二刷：2016年7月20日
ISBN ：978-986-352-299-7

總 經 銷：成信文化事業股份有限公司
地　　址：新北市新店區中正路四維巷二弄2號4樓
電　　話：(02)2219-2080

行政院新聞局局版台業字第3595號 營利事業統一編號22759935

定價 ：280元　　特惠價 ：199 元

國家圖書館出版品預行編目資料

官商鬥法II / 姜遠方 著. -- 初版. -- 臺北市：
風雲時代，2016.01 -- 冊；公分

ISBN 978-986-352-299-7（第10冊；平裝）

857.7　　104027995